初期スキルが便利すぎて異世界生活が楽しすぎる!

Shoki Skill Ga Benri
Sugite Isekai Seikatsu Ga
Tanoshisugiru!

6

霜月雹花

Hyouka Shimotsuki

Illustration
パルプピロシ

グルド
顔が怖すぎる冒険者
ギルドの受付係の男性。
かつては最強クラスの
冒険者だった。
シャルル
レムリード王国の
第一騎士団副団長で、
グルドの婚約者。
その実力は一級品。
ラルク
本作の主人公。三つの便利な
初期スキルを駆使して、
異世界での第二の人生を
思う存分楽しむ。

サマディエラ
全ての神々を
まとめる神界の長。
ラルクを天上より
優しく見守る。
シャファル
人にも変身できる
伝説の銀竜。
最近はラルクの
兄貴分的な存在に
なりつつある。
ゼラ
お茶目な悪魔の美女。
とある事件がきっかけで
ラルクに同行
するように。
登場人物紹介
MAIN CHARACTERS

どこにでもいる普通の高校生だった俺、四宮楽はある日突然、不運なことにトラックに撥ねられて死んでしまった。

だが、死後に出会った神様によると、どうやら俺の死は手違いだったらしい。お詫びとして俺に三つの便利な初期スキルを授け、異世界に転生させてくれたのだった。

転生後は色々なハプニングがあったけど、楽しく過ごしている。特に義理の父であるグルドさんとの生活は、今の俺にとってかけがえのないものだ。

そんな義父さんに先日、思わぬ話が来た。

なんと、レムリード王国という国からシャルルさんというものすごい美人の騎士がやってきて、義父さんに求婚したのだ。聞けば義父さんとシャルルさんは旧知の仲だそうで、彼女は昔にも結婚を申し込んだことがあるのだとか。

そのときの義父さんはとある事情で断ったのだが、今回の話は前向きに考えているみたいだ。

ただ、レムリード王国の人間と結婚するためには、ちょっと変わった戦いの儀式をこなさなければならないらしいんだよな……

1 レムリード王国へ

シャルルさんが突然我が家を訪問してから数日後。

俺と義父さんは、二人でレムリード王国の王都を目指していた。向こうでシャルルさんとの縁談を進めるためである。

俺達が住んでいるレコンメティス王国からレムリード王国までの距離は、馬車で五日ほど。ただ、なるべく早く着きたいので、俺は馬に『身体強化魔法』をかけた。こうすることで馬の走るスピードが上がるのだ。

魔法の効果は抜群で、俺達は当初の予定より半分以上短縮して二日でレムリード王国へたどり着くことができた。

王都の門の前で入国手続きを済ませ、自分達が乗ってきた馬車は門近くの乗り合い所に停めておく。そこから王都を移動する用の小型馬車に乗り換え、シャルルさんの家まで向かった。

別名『武の国』とも呼ばれるレムリード王国は、その名の通り国民に武人が多い。王都を歩く人は老若男女(ろうにゃくなんにょ)問わず、ほとんどがいい体格だった。たまに魔法用の杖を持っている人も見かけるが、そういった人でもレコンメティスにいる魔法使いより体がガッシリとしていた。

「すごいですね、この国の人達は」

俺が言うと、義父さんは頷いて応えた。

「そうだな。幼い頃から毎日鍛錬を欠かさず、筋肉を付けるために魔物の肉をたくさん食べていると昔シャルルから聞いたことがある」

魔物の肉か……確かに栄養価が高いし、筋トレ用の食事としては理想的だろう。

周りの景観を眺めながら移動していると、大きな屋敷の前で馬車が停止した。

「到着いたしました。こちらがシャルル様のお屋敷になります」

御者さんがそう案内してくれた。

俺と義父さんはお礼を言って馬車から降り、屋敷の入口に行く。脇に門番さんが立っていたので、シャルルさんから事前にもらっていた招待状を見せて中に案内してもらった。

屋敷の中に入ると、私服姿のシャルルさんが目を丸くしつつ迎えてくれる。

「ラルク君、グルドさん。予定していた日より大分早かったですね」

そう言われたので馬に身体強化魔法を使ったのだと説明すると、「ラルク君はすごいわね」と褒めてくれた。

このあと、義父さんはシャルルさんと一緒に、彼女の両親にご挨拶しに行くらしい。

二人の邪魔になってはいけないから、しばらく外でブラブラしてこようかな。

夕方には戻ってくると義父さんに告げ、屋敷の外に出た。

「さてと、何をしよう……」

来たばかりで、この町のことをまったく知らないしな……

そう思いながらとりあえず歩いてみて、王都の商業区にやってきた。

商業区で俺はちょっとびっくりする光景を目にした。道の端に茣蓙(ござ)を敷いて座り込んでいるやつれた人や、出店の前に立って食事を分けてほしいと泣いて頼んでいる小さな子供達がいたのだ。

こんなに発展している国なのに、貧困にあえぐ人がいるのか……？

どうにも気にかかったので出店の人に聞き込みをしてみる。

すると、悲しい事実が判明した。

なんでも、数年前に近くの国で内戦があったらしく、この国に多数の難民が逃げ込んできたのだとか。その影響で浮浪者が増えてしまい、ああした光景が生み出されたのだそうだ。泣いている子供達は、親に捨てられて他に身寄りのない孤児だという。

最初の頃は出店の主人も食料を少し分けていたのだが、そのうち店が赤字になってしまったので、今は見て見ぬふりをしているらしい。

「なるほど、そんなことがあったんですね」

俺が言うと、聞き込み相手の店主さんが辛そうな表情で頷いた。

「本当は俺達も助けてやりたいんだが、こっちも赤字続きだと生きていけないからな。助けようにも限界があるんだよ」

まあ、そうだろうな……個人の力で難民や孤児を全員救うというのは無理な話だ。

続いて、俺は気になったことを店主さんに尋ねてみる。

「あの、この国には孤児院や福祉施設とかはないんですか？」

「教会がそういう役割を担っているが……孤児の数が多すぎて王都にある教会だけでは賄えないみたいなんだよな。国も相当困ってるらしい」

教会か……どこにあるんだろう？

それらしい建物がないかとあちこちを見回していると、先ほど出店の前で食べ物を分けてほしいとお願いしていた男の子の一人と目が合った。他の子供達は別の出店へ移動したようだが、その子だけは移動せず留まっていたみたいだ。

俺は店主さんにお礼を言ってからその店で多めに串焼き肉を買い、男の子のほうへ近付いた。

「ねぇ君、一人？」

「は、はいっ……」

「この町のことはよく知ってるかな？　ここに来るのは初めてだから、案内してくれると嬉しいんだけど……」

「ッ、は、はい。毎日歩いているので、分かります……」

「そっか、じゃあお願いできるかな……あ、自己紹介がまだだったね。俺の名前はラルク」

「僕はユーリって言います」

「よろしく、ユーリ君。これ、一緒に食べよう」

そう言って、俺は串焼き肉をユーリ君に渡した。彼は驚いた様子だったが、素直に受け取って嬉しそうに食べ始めた。

それから、ユーリ君に町の案内をしてもらった。

名所の噴水や景色が一望できる穴場スポットなどなど……色々なところを見て回ったが、やはりあちこちで貧困にあえぐ人々を見かけた。そのうちの半分くらいが子供だったので、胸が痛くなってしまう。

串焼き肉を手に町を歩きながら、ユーリ君の境遇のことや町の子供達のことも聞いてみた。

なんでも、親がおらず成人していない子供は全員、この国の教会で暮らしているらしい。ただ、人数が多く食事が足りていないため、町に出て自分達で食べ物を分けてもらっているのだとか。

ユーリ君も、そんな子供達のうちの一人なのだという。

「それがさっき出店のところで見かけた子供達なんだね」

俺が言うと、ユーリ君は悲しそうに頷いた。

「はい。みんな無料で分けてもらうのは悪いということで店の掃除や皿洗いといった雑用を買って出ているのですが、いかんせん人数が多くて……」

「出店の人達も、仕事を与えようにも与えられないってことか……」

いくら働きたい人が多くても、仕事がなければ労働はできない。

働き口を見つけられなかった子供は結局、無理を承知で食べ物を分けてもらえるようにお願いし続けるしかないってことか……

それから一通り町を回ったあと、ユーリ君が聞いてきた。

「えっと、僕が紹介できるところは以上なんですけど……ラルクさんが最後に行ってみたい場所とかはありますか？」

「それじゃあ、ユーリ君が住んでいるっていう教会に連れていってもらえないかな？」

「教会ですか？　別にいいですけど、面白いものはありませんよ？」

そう念を押されたが、問題ないと頷いて応える。

そして、やや気の進まなそうなユーリ君と一緒に教会までの道を歩いた。

やがて、周囲よりやや屋根が高い建物が見えてきた。雰囲気からして、あれが教会だろう。

ユーリ君は予想通り、その建物の前で立ち止まって口を開いた。

「これがこの国の教会で、僕達が住んでいる場所です……」

「うん、案内ありがとう」

俺はそう言って、物を自在に出し入れできる『便利ボックス』から銀貨を十枚取り出した。

「これは案内のお礼なんだけど、受け取ってくれる？」

「え……え⁉　銀貨十枚も⁉　い、いいんですか⁉」

ユーリ君が目をまん丸にして驚いた。

銀貨が十枚あれば、先ほどの出店の串焼き肉なら百本以上は買える。当分の食費、生活費には困らないはずだ。

これは単なる同情で、褒められたことではないのかもしれない。それでも、俺はどうしてもユーリ君のために何かしてあげたい気持ちになってしまった。

俺も転生してから義父さんに拾ってもらえるまで、酷い境遇にさらされてきた。その過去の俺と今のユーリ君の姿が重なって見えたのだ。

ユーリ君は困惑した表情でなかなか受け取らずにいたが、俺が「仕事に対する報酬だから」と少し強く言うと納得して受け取ってくれた。

「ありがとうございます、ラルクさん」

「うん。もしよければなんだけど、そのお金で他の子供達にも何か食べ物を買ってくれれば嬉しいな」

「はい、もちろんです！」

ユーリ君は、頭をバッと下げて走り去っていった。

それを見届けた俺は、ふと物陰からこちらを見ている女性の気配に気付いたので声をかけることにした。

「俺に何かご用ですか？」

「……あら、気付かれていたのね？」

そう言って建物の陰から姿を現したのは、修道服を着た年若いシスターだった。

シスターは走り去っていったユーリ君のほうを一度見て、再びこちらに視線を向ける。

「ユーリ君を雇ってくれてありがとうね。あの子、他の子に遠慮していつもお腹を空かせているのよ」

シスターは一度言葉を切って頭を下げたあと、もう一度口を開く。

「その格好、旅行者かしら？　お名前を聞いてもいい？」

「あ、はい。俺はラルクって言います」

「ラルク君と呼んでもいいかしら？」

「ええ、もちろん」

「ありがとう。それじゃ私も自己紹介をするわね。私は、この王都にある教会のシスターをしている、ミリアーナと申します」

ミリアーナさんは綺麗なお辞儀をしながらそう名乗った。

あまりにも礼が美しかったので、俺は不思議に思って尋ねてみる。

「あの、失礼ですけどミリアーナさんはひょっとして貴族ですか？」

「元貴族よ」

ミリアーナさんはクスッと笑って、詳しく教えてくれた。

「元はこの国の人間ではなかったんだけど、色々とあってこの教会のシスターになることになってね」

「色々ですか……」

貴族令嬢が別の国の教会送りにされるって、いったい何があったんだろう……？

かなり気になったが、詳しく聞いてみる勇気はなかった。

「まあ、私が自分で望んでしたことだから後悔はしてないわ」

ミリアーナさんは笑顔で言うと、続けてこう聞いてきた。

「こんなところではなんだし、教会に来ない？」

「はい、ぜひ」

ミリアーナさんと共に教会へ向かう。

教会に着くと、客人用の部屋に通された。ミリアーナさんがお茶を持ってきてくれたので、一口飲んでまったりする。

「ラルク君はどうしてこの国に来たのかしら？」

ミリアーナさんが尋ねてきた。

「実は義父がこの国の人と結婚することになったので、お相手の方々と打ち合わせしに来たんです」

「あら、素敵ね」

「それで話の邪魔にならないようにと町を散策していたときに、ユーリ君と会いまして……失礼かもしれないけれど、昔の俺と重なって同情したんです」

「昔の俺？」

「はい。俺は元々孤児というか、十歳の頃に生みの親に捨てられたので……」

そこまで言うと、ミリアーナさんは複雑な事情を察したらしく真剣な表情になった。

「そう……じゃあ、今のお父様の養子に迎えられたのね？」

「ええ、そうです」

「今、ラルク君は幸せ？」

「はい」

胸を張って答えたら、ミリアーナさんは「良かったわね」と笑顔になった。

「ところで、ラルク君の親ってもしかして英雄グルド様じゃない？」

「え？　なんで分かったんですか？」

驚いて聞き返したら、ミリアーナさんがくすりと笑みを漏らした。

「風の噂でグルド様が銀髪の男の子を養子にしたって聞いたことがあってね。もしかしたらそうじゃないかって思っていたの」

なるほど……義父さんはこの国でも相当な有名人みたいだな。

それから、この教会の現状についての話題になった。

ユーリ君が言っていたように、やはり教会のお金だけでは全ての孤児を育てることは難しいらしい。

「この国の孤児だけだったら元々の予算で養えるんだけどね。他国の内戦なんて異例の事態だから国も対応に追われているのよ」

ミリアーナさんは悲しそうな表情で言った。

「王様に窮状(きゅうじょう)を訴えてはいるんですか？」

「もちろんよ。でも、なかなか改善されなくて……」

「そうなんですか……」

窓の外を見てみると、庭でユーリ君より年下に見える少年少女が楽しそうにシスターと遊んでいた。

その視線に気付いたのか、ミリアーナさんが口を開く。

「ユーリ君みたいな年長の子達は、『年少の子がお腹を空かせないように』って言って、自分達の空腹を我慢して食べ物を年少の子に回してあげているの。おかげで、小さい子はああやって元気に遊べているわ」

その話を聞いて、危うく泣きそうになった。

涙をこらえ、俺はミリアーナさんに言う。

「実は俺、故郷のレコンメティス王国で料理のお店を開いているんです」

「そんなに若いのに？　すごいわね」

「その売り上げ金の一部を、ここに寄付してもいいでしょうか？」

「え？」

「いえ、寄付させてください。お願いします」

俺は『便利ボックス』から金貨や銀貨が入っている革袋を取り出してテーブルに置き、頭を下げてミリアーナさんの返事を待った。

ミリアーナさんはしばらく黙っていたが、やがて静かに話し始める。

「……他国の人、それも教会の子達とそう年齢の変わらない男の子に助けてもらうのは、ちょっと複雑だけど……ありがとうございます。謹んで受け取らせていただきます」

顔を上げると、ミリアーナさんは両手を胸の前で組み、慈愛の笑みを浮かべていた。

「ラルク君の思いやりと善行は、必ず神様もご覧になっていることでしょう。あなたに神のご加護があらんことを」

ミリアーナさんは目を閉じ、しばらく無言で祈りを捧げた。

そして目を開き、「こんなお礼しかできなくてごめんね」と言う。それから別のシスターを呼んで、事情を説明して寄付金を彼女に預けた。

シスターが出ていったあと、俺は再びミリアーナさんに話しかける。

「あの、迷惑じゃなければ子供達に料理をふるまってもいいですか?」

「料理を？　そこまでお世話になっていいのかしら……」

「やらせてください。食材は余っているものを使えますし、俺、『調理』スキルを持っているんです」

そう言うと、ミリアーナさんは「『調理』スキルを!?」と前のめりになった。『調理』は意外とレアなスキルなのだ。

こほん、と咳払いし、ミリアーナさんは姿勢を戻して表情を引き締める。

「寄付だけでなく料理もふるまってくださるとのこと、ありがとうございます。ラルク君の思いやりと善行は――」

「ミリアーナさん、よだれが垂れてますよ」

「はっ⁉」

俺が苦笑しながら言うと、ミリアーナさんは慌てて袖で口を拭った。

どことなくウキウキした様子のミリアーナさんに厨房に案内してもらい、俺は何を作ろうかと思案する。

さてと、全員がお腹いっぱいになれる料理を作るのがいいよな……となると、具だくさんのスープはどうだろう？

そういえば、以前悪魔のゼラさんが開発してくれたスープの素があったっけ。あれを使ってみようかな。

俺は『便利ボックス』から大きな寸胴鍋を取り出して、水属性魔法で全てに水を満たした。そこにスープの素を入れ、火属性魔法で沸騰するまで熱する。

ぐつぐつしてきたところで、魔獣の肉や野菜を大量に投入する。これらも『便利ボックス』に蓄えてあったものだ。『便利ボックス』に入れた食材は新鮮な状態のまま保存されるんだよな。

こういうときのためにとってあったものなので、惜しみなく入れた。具を入れたあとは、しばらく弱火で煮込む。待っている間暇だったので、ミリアーナさんに許可をもらって教会の中を歩いてみることにした。

教会は建物自体がかなり古くなっているらしく、あちこちが老朽化しており、中には穴の空いている壁まであった。そのままにしておくのは問題だと思い、目に付いた部分があれば修繕していく。

一通り修繕し終えたところでちょうどいい時間になったので厨房に戻ると、スープがいい感じに煮込まれていた。味見したら美味しかったし、子供達も喜んでくれるだろう。

お昼過ぎになり、庭で遊んでいた子供達が戻ってきた。みんな「いい匂いがする～」とすぐに気付き、昼食となる。

スープは大好評だった。ミリアーナさんや他のシスターは、最初は遠慮していたが、お代わりがたくさんあると分かると、みんな嬉しそうに食べ始めた。

夕方頃になったら、年長組の子達も帰ってくるらしい。そのときはいっぱいお代わりさせてあげてほしいとお願いしたのだった。

子供達の昼食が終わり、彼らは別室に移動した。どうやらシスターの一人が彼らのために授業をするらしい。

俺もそろそろお暇させてもらおうかな。

帰り際、教会の出口のところで見送りに来てくれたミリアーナさんに頭を下げられた。

「ラルク君。今日は本当に色々とありがとう」

「いえ、俺がしたくてしたことですから気にしないでください」

俺はそう言って、教会をあとにした。

帰り道、町の人達に教会の評判について聞いてみると、悪い評判は一切なかった。

あの教会や他の難民の人達のために、もっと俺ができることはないのかな……

そんなことを考えながら、俺はシャルルさんの家に戻った。

俺と義父さんは、その日はそのままシャルルさんの家に泊まらせてもらった。これはそのときに聞いたのだが、義父さんの試合相手であるシャルルさんのお兄さんは、まだ到着していないらしい。

俺達がこんなに早く到着するとは思っていなかったそうだ。少し悪いことをしちゃったかな。

そういったわけで、俺達はしばらくここで泊まることになるとシャルルさんに教えられた。

なお、義父さんはシャルルさんの両親に歓迎されているみたいだ。シャルルさんのお父さんなんかは「儂らもレコンメティスに移住するか？」という冗談まで言っていた。

縁談は順調に進みそうだ。あとは義父さんが試合に勝てるかどうかだけど……まあ、そんなことは心配するまでもないか。

◇

翌日、俺は「朝食は外で食べてきます」と言って朝早くから屋敷を出て教会に向かった。

教会へ行く途中、この国の様子を見てみる。難民が多くて治安が荒れているかと思ったら、意外にもごろつきの類（たぐい）は見当たらなかった。軽く聞き込みをしたところ、犯罪の発生率も低いらしい。

なんでも、強盗や暴行事件が起きたら憲兵（けんぺい）が到着する間もなく一般市民に取り押さえられてしまうため、犯罪者が出にくいのだとか。流石（さすが）、武人の国と言われているだけあるな。

教会に着いて裏口のドアをノックすると、しばらくしてミリアーナさんが扉から顔を覗かせた。

「おはようございます、ミリアーナさん」

「おはよう、ラルク君。また来てくれたのね」

「はい。ご迷惑でしたか？」

「迷惑なんてことはないけど、こんなに早くに来ても子供達はまだ起きていないわよ？」

「ええ、分かっています。実は、子供達がまだ寝ているうちに食事を作ろうと思いまして」

そう言うと、ミリアーナさんは笑顔でお礼の言葉を言って俺を中に入れてくれた。

厨房へ移動すると、昨日道案内をしてくれたユーリ君がシスターと一緒にいた。

「あっ、ラルクさん！　どうしてこんなところに？」

「おはようユーリ君。実は教会のみんなのために料理を作ろうと思ってさ。ユーリ君こそどうして厨房にいるの？」

「僕は今日、朝食の当番なんです。ラルクさん、料理ができるんですか？」

不思議そうな顔で尋ねてくるユーリ君に、俺に代わってミリアーナさんが答える。

「昨日の料理ね、実はラルク君が作ってくれたのよ」

「え!?　あの美味しいスープをラルクさんが!?」

驚きの声を上げるユーリ君に、別のシスターがくすくす笑いながら言う。

「ユーリ君、三杯もお代わりしていたものね」

その言葉に顔を真っ赤にしたユーリ君に尋ねる。

「今日の食事も、俺が作ってもいいかな？」

「はい、ぜひお願いします！　あんなに美味しい料理は食べたことがないって、みんな言ってたんですよ」

「それは嬉しいな。よ～し、腕によりをかけて作るよ」

そう言って、料理の準備を始める。

ユーリ君が自分も手伝うと言ってくれたので、野菜の皮剥きといった下ごしらえの作業をやってもらう。ミリアーナさんや他のシスターは別の仕事があるとのことだったのでそちらに行ってもらい、その後は二人で食事を作った。

料理が完成し、食堂へ持っていく。その頃には小さい子達も含めて全員起きていて、みんな食堂に集合していた。

「「わ〜、今日のご飯もいっぱいだ〜!!」」

料理をテーブルに並べると、そんな歓声が上がる。いつもは遠慮しがちだという年長の子達も、今日は席に座って目をキラキラさせて料理を見つめていた。

それからみんなで楽しい食事の時間を過ごした。

食事中、子供達から色々な話を聞いた。なんでも、この教会では「サマル」という神様を信仰しているらしい。そのため、名字の分からない子達は「サマル」がファミリーネームになっているのだとか。

サマル様はどんな神様なのかミリアーナさんに聞いたところ、彼女は知らないと答えた。

「そもそもこの教会って、神父様が昔この国に亡命したときに王様に頼んで作ってもらった、いわば個人教会なのよ」

「ここって神父様がいるんですか？」

俺が聞くと、ミリアーナさんは当然とばかりに頷く。

「ええ。忙しい方だから教会に顔を出すのは数日に一度だけど、いつかラルク君とも会えると思うわ。で、神父様と同じ国出身の人はこの教会にいないから、誰もサマル様がどんな神様か知らないってわけ」

「そうだったんですか……」

「ひょっとしたら神父様が適当にでっちあげただけで、サマル様なんて神様はいないのかもね」

ミリアーナさんは人の悪そうな笑みを浮かべて言ったので、俺も曖昧に笑っておいた。

それにしても、神父様か……いつか会ってお話をしてみたいな。

食事のあと、俺は十二歳以上の年長組にこの教会についての話を聞こうと思い、それぞれに声をかけて別室に集まってもらった。先日、ユーリ君と一緒に出店の前にいた子達だ。

子供達は全員で四人。一人ずつ許可をもらって、『鑑定眼』でプロフィールを調べてみる。

一人目
【名　前】カイ・サマル
【性　別】男
【年　齢】13

二人目
【名　前】ローグ・サマル
【性　別】男
【年　齢】12

三人目
【名　前】メイナ・サマル
【性　別】女
【年　齢】12

四人目
【名　前】ルネ・サマル
【性　別】女
【年　齢】12

年長組の子達はとても仲がよく、日頃からユーリ君を加えた五人で行動を共にしているらしい。

何から聞こうかな、と思っていたら、四人の中で最年長のカイ君が最初に口を開いた。

「あの、なんで僕達は呼ばれたのでしょうか？」

カイ君の言葉に同意するように、他の子達も頷く。みんな自分達がなんで呼ばれたのか不思議に思っているようだ。

俺はカイ君の質問に笑顔で答える。

「ちょっとみんなと話したいと思ってね。みんなが普段何をしているのかとか、この教会のこととかさ」

そう切り出したあと、まずは年長組が日常的に行っていることについて聞いてみる。

昨日、ユーリ君が多少話してくれたけれど、町の案内中だったこともあって詳しくは聞けなかったんだよな。

この質問にはカイ君が代表して答えた。

「普段ですか……えっと、僕とここにいる三人は冒険者として働いているんです。主に近場で取れる薬草の採取依頼や、町の簡単な依頼をこなしています」

「なるほど、冒険者か……」

確かに、四人の体格は年齢のわりにしっかりとしていた。

だけど、ユーリ君はそんなこと言ってなかったよな。ちょっと聞いてみるか。

「ところで、ユーリ君も冒険者なの？」

「いいえ、ユーリはあまり体が丈夫じゃないから、冒険者にはならないで教会の仕事のお手伝いとかをしています」

「なるほど……ちなみに、君達より年下の子達は普段どんなことをしているのかな？」

「うーん……僕達の一つ下の年齢の子は、ユーリのサポートをしたり、教会に残っているもっと小さな子供達のお世話をしたりしていますね」

「そっか、ありがとう」

ある程度成長した子供達は、少しでも早く自立しようと努力しているみたいだ。

それからも何個か質問をし、情報を集める。

最後の質問をしたあと、俺は『便利ボックス』から銀貨を取り出した。

「今日は時間をくれてありがとう。正式な依頼ではなかったけど、君達は冒険者なんだから正規の報酬を渡すよ」

そう言って渡すと、子供達は驚いたように銀貨を突き返してきた。

「こ、こんなにもらえないですよ！　私達、何もしてないのに……」

メイナちゃんの言葉に、俺は「それは違う」と首を横に振る。

「さっきも言ったけど、俺は君達から時間をもらって仕事を頼んだんだ。ギルドを通してはいないけど、立派な依頼だよ。だからこの報酬は正当なものなんだ」

そこまで言うと、カイ君達は一応納得した顔になって銀貨を受け取った。

「あの、なんでラルクさんは僕達にこんなによくしてくれるんですか？」

カイ君が俺にそう尋ねてきた。

俺は正直にその質問に答える。

「俺も元は孤児みたいなものだったんだよ。だから俺と同じ境遇のみんなに自分を重ねてしまって、助けたいと思ったんだ」

「ラルクさんも孤児だったんですか!?」

「……待てよ？　『銀髪の元孤児』ってどこかで聞いたことがあるな……」

ローグ君がぼそりと呟いた。彼もミリアーナさんと同じように、噂を聞いたことがあるのかな？

「あ、それって英雄グルド様の義息（むすこ）さんのことじゃない？」

ルネちゃんの言葉にローグ君が「それだ！」と言ったので、俺は正直に言うことにした。

「うん、俺はグルドさんの義理の息子よ」

「えぇぇ〜!!」

カイ君、ローグ君、メイナちゃん、ルネちゃんが声をそろえて大きな驚きの声を上げた。

2　教会改造計画

四名の少年少女の驚き声は部屋の外にまで聞こえていたらしく、ミリアーナさんが慌てて部屋に駆け込んできた。

「みんな、どうしたの？」

心配そうな顔つきのミリアーナさんに俺から説明する。

「カイ君達に俺が元孤児だってことを教えたんです」

すると、ミリアーナさんは全てを了承したような表情に変わった。

「あ～、ラルク君がグルドさんの子供って知って驚いたのね。あんまり大きい声を出しちゃダメよ」

ミリアーナさんはそう言うと、部屋から出ていった。

カイ君達は落ち着いたようだったが、「グルド様の子供がラルクさんなんて……」と呟いていた。

カイ君達が部屋を出たあと、俺はミリアーナさんと合流して子供達の部屋へ向かう。昨日の帰り際、ミリアーナさんに「明日、子供達の部屋も修繕したいから運べる荷物をまとめて外に出しておいてほしい」と言っておいたんだよね。

子供部屋に行くと、二段ベッドと椅子のみが置いてある状態だった。全部で六部屋あり、現在は男の子が二十二名、女の子が二十三名の、計四十五名がこの六部屋で暮らしているそうだ。

一部屋一部屋はわりと広めで、二段ベッドは四つ並べられている。一部屋で最大八人が暮らせる計算だ。

ちなみに、教会はまだ空き部屋もある。預かっている子供達が多くなったときは、適宜その空き部屋を子供部屋に割り当てるとのこと。

修繕を始める前に、ミリアーナさんに聞いてみる。

「あの……子供達がもう少し快適に暮らせるように、少し手を加えてみてもいいですか？」

「ええ、いいわよ。ラルク君のことは昨日から信頼しているもの」

そう言ってくれると嬉しい。

期待に応えるため、俺は遠慮せずに全ての力を使おうと意気込んだ。

まず手始めに、子供部屋に残っていた荷物を全て『便利ボックス』に収納する。それから庭に移動してまとめて出し、ミリアーナさんや他の手が空いているシスターに見張りをお願いした。本当は見張りの必要はないんだけど、建物の外に出しておいてほしかったんだよね。

その後、俺一人が部屋に戻って、周囲に人がいないかどうか『気配察知』のスキルで確認する。

「……よし、全員外に出てるな」

誰もいないことを確認した俺は、俺の所有する世界『楽園ファンルード』に住む悪魔のゼラさんを呼び出した。

「あら、ラルク君。どうしたの？」

「こんにちは、ゼラさん。実はお願いがありまして……」

そう前置きし、ゼラさんにこれまでの事情を説明する。

「……というわけで、この教会の修繕を下級悪魔達に頼めますか？」

「ええ、いいわよ。ラルク君の頼みだもの」

ゼラさんは笑みを浮かべて俺のお願いを快諾すると、自分の部下である下級悪魔を呼び出して一斉に作業に取りかからせた。

修繕作業を下級悪魔に任せ、俺は続いて門を潜(くぐ)ってファンルードの中に入る。

実はファンルード内に住んでいる俺の従魔に、昨日の時点でとあるお願いをしていたんだよね。

ファンルードに到着すると、ハイ・スケルトンのルーカスが出迎えてくれていた。

「あっ、主殿(あるじどの)。こっちっすよ」

「ルーカス、頼んでいたものは出来上がった？」

「ばっちりっす。注文の品は向こうにあるっすよ」

ルーカスに案内され、近くの建物へ向かう。

中に入ると、製作を頼んでいた子供用ベッドが出来上がっていた。昨日教会を案内してもらったときに子供部屋を見せてもらっていたから、そのときに部屋の形を記憶してピッタリなベッドのデザインを考えてルーカスに作ってもらっていたんだよな。

ルーカスは意外にも器用なため、こういう作業が得意なのだ。

「うん、これならばっちりあの部屋に合いそうだ。ありがとうルーカス」

「主殿の頼みっすからね。それに久し振りに出番が回ってきたから張り切っちゃいましたよ」

ルーカスの本業は戦闘方面だけど、最近は冒険者活動を休んでいたからなぁ。暇にさせて悪いことをしちゃったな。

「もう少ししたら冒険者活動を再開すると思うから、そのときはよろしくね」

「はいっす」

ベッドを『便利ボックス』に収納し、マットやシーツをファンルード内のお店で購入する。

買い物を済ませ、元の世界に戻ってきた。

先ほど作業を始めたばかりだったにもかかわらず、下級悪魔達はすでに作業を終えていた。子供部屋は魔法で綺麗に修繕されており、新築と見違えるほどになっている。

「ありがとうございます」

ゼラさんと下級悪魔達に向けてお礼を言う。

「ラルク君からの久し振りの頼みだったから、この子達も張り切ったみたいよ。たまにはラルク君も、この子達と遊んであげてね」

「時間ができたらしばらくファンルードで過ごすので、そのときに一緒に遊ぼうと思います」

俺が言うと、作業を終えてゼラさんの周りに集まっていた下級悪魔達は嬉しそうに消えていった。

ゼラさんもファンルードに帰ると言ったので門を開き、見送る。そのあとは修繕された部屋に新しく作ったベッドを配置し、マットとシーツを敷いていった。

「ラルク君、部屋の修繕はどう、かし、ら……」

俺の様子を見に来たミリアーナさんは、子供部屋を見ると言葉を失った。

ややあって、我に返った彼女が驚愕の声を上げる。

「えっ、ラルク君……この短時間でこんなに綺麗にしたの!?」

「はい。あと、昨日直し切れなかった教会の他の古かった部分も、全て修繕しておきましたよ」

そう言ったら、ミリアーナさんは急に真顔になった。

「ラルク君は変わった子、ラルク君は変わった子……」

なんか変な呪文を唱え始めたんだけど。

呪文は効果があったようで、ミリアーナさんは落ち着きを取り戻して「会わせたい人がいるの」

と言ってきた。誰かと思ったら、どうやら神父様が教会に帰ってきたらしい。

ミリアーナさんに連れられ神父様の部屋に向かう。

ノックして入室すると、初老の柔和(にゅうわ)な男性が待っていた。

「ラルク君のおかげでこの教会が見違えるようだ。君は本当にすごい子だね」

神父様は俺に挨拶したあと、そう言った。

返事をしようとして神父様の目を見たとき、心の奥を見られたような気がしてドキッとした。

神父様が穏(おだ)やかな表情で言葉を続ける。

「ラルク君は悪い子じゃないというのは分かっているけれど、この教会の責任者としていくつか質問させてほしい。いいかな？」

……どうやら、神父様は俺が悪魔を召喚して使役したことに気付いているみたいだ。

「分かりました」

そう答えたら、神父様はミリアーナさんを退室させた。

俺が向かいのソファーに座ると、神父様がずばり聞いてくる。

「ラルク君、君は悪魔と契約をしているのかい？」

「……神父様には分かりましたか」

「一応、これでも聖職者だからね。そういった気配には敏感なんだ」

そういうものなのか。さて、どう説明しようかな……

「確かに俺は悪魔と契約をしていますが、それは普通の契約ではありません」

「……どういうことかな？」

神父様はわずかに怪訝(けげん)な顔をした。まあ、そんな顔をするのも無理はない。

この世界における悪魔は最も邪悪な存在という位置付けである。そんな存在と契約することは、悪魔に魂を売り渡すという行為と同義だ。

ただ、俺とゼラさんが結んでいるのはそういうものじゃなくて、俺を主人とする従魔契約なんだよな。ようするにペットみたいなものだ。また、俺と契約している間は悪いことをしないと約束してもらっている。極度のイタズラ好きではあるが。

そのことを説明すると、神父様は当然の疑問を投げかけてきた。

「悪魔を従魔にするなんて、可能なのかい？」

「俺のスキルが特別製なんですよね」

そうとしか言えないので正直に答えたら、意外にも神父さんは納得してくれた。そして、思い出したように聞いてくる。

「そういえばラルク君はグルド様の養子だったね。風の噂でグルド様の養子は伝説の銀龍を従魔にしていると聞いたことがあったけど、あれはつまり本当だったってことかな？」

「あ、そうですよ。シャファルって名前なんですけど」

「なるほど、そうか……いやぁ、まさか本当だったとはね」

それからシャファルについて教えてほしいと言われたので、シャファルのことを色々話してあげた。食いしん坊という情報を伝えたら特に驚いていた。

話しているうちに、昼食の時間になる。誤解も解き終わったので、神父様の部屋を辞して厨房に移動して食事を作った。

昼食はガッツリ食べられる肉料理だ。子供達は美味しそうに食べてくれた。

ミリアーナさんに昼食後は帰るのかと聞かれたので、少し考えてから答える。

「迷惑じゃなければ外の整備もしたいんですけど、いいですか？」

「迷惑だなんて、むしろすごくありがたいけど……でもラルク君、何をするつもりなの？」

「うーん、庭がちょっと殺風景だから少し手を加えたいな、と思いまして」

みんなが食べ終わった食器を厨房に持っていき、そのまま外に出た。

とりあえず教会の庭をグルッと回り、どう整備しようか考えを巡らす。

……改めて見ると、外壁がところどころ欠けているな。まずはここから直していくか。

俺は『土属性魔法』を発動し、崩れそうな壁に土を補強していく。ついでにそれらしい模様も付けておいた。

続いて、教会の出入り口の門に注目する。ここもところどころ錆びていたり、ネジが緩くなっていたりして開け閉めの度に変な音が鳴っていたんだよな。

これも魔法でパパッと直した。

「それにしても、この教会って意外と大きいよな」

神父様は元々他国の人間だったのに、これほどの土地をもらえるというのは結構すごいことじゃないか？　王様が太っ腹なのかな。

あるいは神父様が相当なやり手なのかも。悪魔の気配に気付いていたし、そっちの可能性のほうが高そうだ。

あとは、レムリードが武人の国だということも関係しているかもしれない。昔から聖職者がそんなにいないんじゃないだろうか。

「しかし、これだけ広いんだからもう少し有効活用したいよな……」

庭は雑草が生い茂り、地面もでこぼことしている。子供達が安全に遊べるスペースは、実はそんなに広くない。

俺は再度教会の周りを一周し、なんとなく頭の中でこういう風な庭にしようとイメージを固める。

まず、年少の子達のために遊具は必要だろう。いくつかの種類を作って配置するか。

あと、カイ君達や、今後冒険者になる子供達のための小屋も作りたいな。冒険者用の道具を置いたり、手入れをしたりするための用途で活用してもらえればいいと思う。

あとは、作物を栽培するための畑もいいだろう。長期的に食べ物が安定して収穫できるようになってくれればいいな。

「さてと、頑張りますか」

作業場所が外なので、悪魔達に手伝ってもらうわけにもいかない。

まあ、魔法を使うから肉体的に疲れることはないだろう。


作業は意外と早く終了した。魔法って便利だね。

ミリアーナさんや神父様に報告するため教会に戻り、仕上がりがどうなったかを確認してもらう。

「ラルク君、君は本当にすごい子だよ……」

神父様が目を丸くしてそんなことを言った。

子供達も外に呼んで遊具を見てもらうと、みんなすぐに遊び始めた。好評で何よりだ。

冒険者組の四人も俺が建てた小屋を気に入ってくれたようだった。手入れに必要な道具も揃えたところ、彼らは同時に俺に向かって頭を下げて「ありがとうございます。大切に使わせてもらいます」とお礼を言ってくれた。

「うん、頑張ってね。もし、機会があればレコンメティスのほうにも来てね」

「はい、絶対に行きます！」

カイ君がそう言うと、他の三人も同じように元気よく頷いた。

そのあと、カイ君が冒険者としての知識を教えてほしいと言ってきたので、小屋に入って簡単な授業をすることに。

参考までに四人の戦い方を教えてもらうと、カイ君とローグ君が前衛、メイナちゃんとルナちゃんが後衛ということだった。作戦を聞いてみたところ、なかなかバランスの取れた戦い方をしている感じだ。

短い時間だったので複雑なことは教えず、前衛二人には剣の使い方や基礎的な体術を少しだけ教え、後衛二人には魔法の基本練習の仕方を指導する。

やがて日が大分落ちてきたので、今日はもう帰宅することにした。

教会の改造計画は大成功に終わった。これで子供達が少しでも幸せになってくれるといいな。

◇

レムリード王国に滞在してから二日後、義父さんの対戦相手であるシャルルさんのお兄さんが到着した。

シャルルさんの兄であり、彼女の実家フレーディア家の現当主でもあるロナウドさんは、武人の国の国民にふさわしい、筋肉がしっかりと付いた男性だった。この人に勝つことができなければ、義父さんはシャルルさんとの結婚を認めてもらえない。

ロナウドさんは義父さんと初めて対面すると、すぐに興奮したような笑顔で手を差し出した。

「グ、グルドさん！　俺、あなたが憧れの人なんです。も、もし良かったらですけど握手してもらえませんか！」

義父さんは一瞬意表を突かれた表情をしたが、すぐに手を握り返す。ロナウドさんは握手をしたことに感激していた。

試合相手だからなんとなく怖そうなイメージがあったが、ロナウドさんは義父さんとシャルルさんの結婚を歓迎している様子だった。とはいえ、試合には全力で挑ませてもらうとも言っていたけれどね。

ロナウドさんと義父さんの試合は、明日の午前に行うことが決まった。つまり、今日は一日フリーだ。

試合の準備をする義父さんの邪魔をしたくないのもあったので、俺は今日も教会へ足を運んだ。

「んっ？」

教会に着くと、何故か門の前に貴族が使うような高級な馬車が停まっていた。

「あの、何かあったんですか？」

門の前に兵士さんが見張りをするように立っていたので、近付いて聞いてみる。

「ああ、ちょっと貴族様が教会に来ているんだ。君は教会の子かい？　外に出ていたんだね。入っていいよ」

俺が教会の子供だと誤解した兵士さんは、そう言って俺を敷地内に入れてくれた。

中でどんな話がされているのか気になったが、邪魔してはいけないよな。

そう思い、教会の建物ではなく、昨日俺がカイ君達のために建てた小屋へと向かった。

「カイ君達は……いないか」

中は無人だったので、とりあえず近くの椅子に座って待機する。待っていればカイ君達が来るかもしれないからね。

だが、十分ほど時間が経っても誰も現れなかった。

段々退屈になってきた……やっぱり教会のほうへ行こうかな。正面口ではなく裏口から入れば邪魔することもないだろうし。

小屋を出て裏口へ移動し、中に入る。

「……？」

教会内に、複数の不審な気配がする。最初は貴族のものかと思ったけれど、それにしては殺気が強い。理由は分からないが、多数の危険人物が中に入り込んでいるな。

音を立てずに、気配の中の一つのところへ移動する。三人組の男達が、興奮したように話していた。

「へへ、この教会がほんの数日で綺麗になったんで貴族のふりをして侵入してみたら……意外と金を貯め込んでいましたね。頭(かしら)、流石ですよ」

「そうだな、流石は俺様」

「それにシスター達も上玉ばかりですぜ。楽しみが増えましたね。頭!」

「「「ひゃっは〜!!」」」

男達は貴族や兵士の格好をしていた。だが、とても本物とは思えない会話だ。

外の貴族の馬車と服装はカモフラージュで、正体は盗賊だったってことか……

外で兵士のふりをしていた見張りは、俺が憲兵に通報しに行かないようにわざと中へ入れたんだろう。俺がただの子供だと思って、中に入れても問題ないとも思ったに違いない。

シスターや子供達がどこにいるのか気配を探ると、子供達は万が一のために、と作っていた隠し部屋に隠れているのが分かった。シスター、神父様、そしてカイ君達冒険者組は一室にまとめて捕らえられているようだ。

罪もない人達を騙して悪事を働くなんて許せない……!

盗賊達に怒りを覚えつつ、俺は行動を開始した。

さて、あいつら以外に教会を荒らし回っている盗賊の数は、一、二、三……ちょっと気配が多すぎて分からないぞ。俺一人でなんとかできなくもないが、時間をかけたらシスター達を人質に取られてしまう。

そう考えた俺は、ファンルードからゼラさんを呼び出した。

教会に現れたゼラさんは、何も言わずに教会を見回して念話を飛ばしてくる。

(なんだか悪い子がいっぱいいるみたいね)

(はい、実はそうなんです。ゼラさん、下級悪魔達を召喚して盗賊達を捕まえるように指示を出してくれませんか？　なるべく静かに、短時間で)

(了解、ラルク君)

ゼラさんは下級悪魔を次々と召喚し、軽く指を振って指示を出した。

すると、一瞬にして悪魔達が消え、その直後に教会内のいろんなところから悲鳴が聞こえ始めた。

「はい、終わったわよ」

ゼラさんが声に出して言った。もう黙る必要がなくなったということか。仕事が早くて頼もしい。

「ありがとうございます、ゼラさん！」

俺はお礼を言って、すぐにシスター達が捕まっている部屋に向かった。

中には、口を布で縛られ手足を拘束されているシスター達とカイ君達がいた。

全員の拘束具を、『風属性魔法』で切り裂いていく。

神父様の拘束を解くと、深く頭を下げて「ラルク君、ありがとう」と言った。

「お礼を言うのは、まだ早いですよ」

そう言って、俺は部屋にいた見張り役の盗賊に目を向ける。盗賊は黒い影にほとんど全身を包まれて床に転がり、目に涙を溜めていた。


盗賊達は、ミリアーナさんが呼んだ憲兵に連行されていった。

「遊びに来たら、まさか盗賊がいるとは驚きましたよ」

「えぇ、私達もまさかこんな貧乏な教会に盗賊が来るとは思いもしなかったわ」

ミリアーナさんは苦笑しながら言った。

俺は精神的に疲れている子供達とシスター達のために『便利ボックス』にあったお菓子をふるまったあと、神父様と別室に移動して少し話をした。

「今回の事件は、俺が教会を修繕したことがきっかけで起きてしまいました。迷惑をかけてしまって申し訳ありません……」

「いや、ラルク君が謝る必要はないよ。悪いのは盗賊だし、ラルク君のおかげで子供達は以前より元気に遊んでいる。新しくなった部屋では毎日笑顔があふれているんだ、感謝しかないよ」

神父様が言うと、聞き耳を立てていたのかカイ君が扉から入ってきた。

「そうです、ラルクさんのせいじゃないですよ！」

二人の言葉を聞いて、俺は救われた思いがした。

神父様はこの教会が盗賊に狙われるようになったことを国に報告する、と言って話し合いは終わった。

この事件を機に国が教会の警備を強化してくれればいいな。

3　レムリード王と盗賊

教会へ盗賊が襲撃した翌日。ついに義父さんの試合の日がやってきた。

試合会場である国内のとある施設へ出向いた俺は、観客席から準備運動をしている義父さんを見ていた。

互いに魔法の使用を禁止し、己(おのれ)の肉体と一本の武器のみで戦うというルール。武人の国らしい試合形式となっている。

俺は隣に座って観戦しているシャルルさんに話しかける。

「シャルルさん、ロナウドさんって強いんですか？」

「お兄様は強いですよ。今は当主を任されていますが、以前は王国騎士団で団長を務めていましたからね」

「なるほど……ちなみに、義父さんとロナウドさんはどちらが強いと思います？」

そう聞くと、シャルルさんは「グルドさんですよ」と即答した。

「えっと、その答えは義父さんに勝ってほしいという思いからですか？」

「いいえ、事実ですよ。お兄様も以前は鍛えていましたが、最近は仕事で鍛錬を怠っていたみたいですからね」

シャルルさんはそう言うが……ロナウドさん、ムキムキなんだけど。鍛えるのをサボっているようには見えないが……

しばらくして二人の準備が整い、試合開始の合図がされた。

「グルドさん、行きますよ」

「ええ、いつでもどうぞ」

シャルルさんはああ言っていたが、それでも流石、ロナウドさんの剣術には凄まじい迫力があった。

先に動いたのはロナウドさんだ。彼は両手で構えた剣を義父さんに向かって振り下ろした。

「ッ！　なかなか重い一撃ですね」

義父さんの驚く声が観客席まで聞こえてきた。

「ふふっ、これでも武人の国の人間ですからね」

序盤はロナウドさんの一方的な試合状況となっていた。

「……お兄様、意外と動けている」

シャルルさんが独り言を呟く。彼女だけでなく、フレーディア家の皆さんも驚いていた。誰一人として、ロナウドさんが義父さんといい勝負ができると思っていなかったようだ。

「はぁッ！」

有利な状況、そう判断したロナウドさんは畳(たた)みかけるかのように義父さんに猛攻撃を続けた。

一撃一撃が重く、義父さんは反撃のタイミングを窺(うかが)いつつ防御に徹(てっ)している。

そんな中、ついに義父さんが動いた。猛攻を繰り返すロナウドさんが疲労によって一瞬見せた隙を見逃さず、鋭い反撃を繰り出したのだ。その攻撃は、一方的だった試合展開を一瞬にしてひっくり返すほどのものだった。

「ふんッ！」

「うぐッ」

ロナウドさんの一撃も確かに重かったが、英雄とまで呼ばれた義父さんのほうがこの試合では威力が上だった。

たった一度剣を弾き返しただけで、ロナウドさんは片手が痺れたのか右手だけで剣を構えるようになった。

そこからの展開は一方的なもの。

義父さんの攻撃をロナウドさんがなんとか耐えるという構図になり、最後は義父さんがロナウドさんの剣を弾き飛ばして試合終了となった。

シャルルさんは嬉しそうに言う。

「言った通りでしたね、グルドさんのほうがお兄様より強いって」

「でも、ロナウドさんも強かったですよ。もう少し時間があれば分かりませんでしたね」

ロナウドさんは実戦から離れている期間が長かったから、戦いの勘をあまり取り戻せていなかったのだろう。もう少しロナウドさんの準備期間があれば、結果は違うものになっていたかもしれない。

すると、シャルルさんはイタズラっぽく微笑んだ。

「実は、私がお願いして試合日を早めに設定したんです。お兄様には悪いけれど」

「なるほど……」

愛ゆえの行動……と言えなくもないか。

試合終了後、義父さんがシャルルさんを近くに呼んだため、シャルルさんは観客席をあとにして
その場には俺一人となった。

シャルルさんが試合会場に着くと、試合を見ていた審判役の国の役人さんが結婚の許可を宣言した。義父さん達は嬉しさのあまり抱き合い、なんと涙まで流している。

それを観客席から見届けていた俺の元にロナウドさんがやってきた。

「あそこに行かなくていいのかい？」

「俺はここで見守っておきます。今は二人きりで喜び合うのがいいと思いますし」

二人の恋愛が十年越しに成就したのだから、邪魔をしちゃいけないよね。

俺の言葉に、ロナウドさんも同意するように頷いた。

「そうだね。私もやっとシャルルの想いが報(むく)われて嬉しい限りだよ。まあ、一つだけ文句があるとすれば、試合までの時間が短かったことだけどね。もう少し時間があれば、グルドさんとの試合をもっと楽しめたのに」

「あはは……」

事情を知ってはいるが正直に言うわけにもいかず、曖昧に笑って返したらロナウドさんは全てを承知したように目を細めた。

「……大方、シャルルが裏で手を回したってところかな。まあ、グルドさんがシャルルと結婚すれば、グルドさんとは親族関係になるし、交友も増えると思うからそのときに改めて手合わせでもお願いしようかな。ラルク君ともいつか戦ってみたいよ」

ロナウドさんは笑みを浮かべながらそう言うと、多くの人達から祝福されている義父さん達に向けて拍手を送った。

会場をあとにし、義父さん達と一緒にシャルルさんの家に帰ると、門のところで王国の兵士さんが待っていた。

「ラルク様、すみませんがこれから城のほうまで付いてきてもらえますか」

近付いてみたらそんなことを言われた。

義父さんは不思議そうな顔でこちらを見る。

「ラルク、お前また何かしてたのか？」

「えっ？　いや、よく分からないですけど……とりあえず、ちょっと行ってきますね」

俺は兵士さんと共に馬車に乗り、レムリード王国の城へと向かった。

馬車の中で、呼び出された理由について考える。

……あ、教会の話が王様に伝わったのかな。というか、それしか心当たりがないや。

数十分ほどで城に到着する。

馬車を降りるとそのまま城内に通され、どこかの部屋の前までやってきた。

ここまで俺を連れてきてくれた兵士さんが部屋の扉をノックすると、中から返事が聞こえてくる。

兵士さんが扉を開けて中に入ったので、俺も続いて入室した。

「ラルク様をお連れしました」

「うむ、ご苦労。下がってよいぞ」

中で待っていた男性はそう言って、兵士さんを退室させた。

兵士さんが出ていったあと、男性が再び口を開く。

「まずは自己紹介と行こうか。儂はこの国の国王、ウィドラム・C・レムリードだ。お主の名は報告書にて知っておるが、かの英雄グルドの息子とは真(まこと)か？」

「はい、義理の息子です。私が十歳の頃、グルド様に拾っていただきました」

他国の王様だし丁寧な口調のほうがいいよな、と思ってそう答えたら、王様は眉間(みけん)にしわを寄せた。

「ふむ……お主のその言葉遣い、普段使っているものではないな？　ここは儂の私室であるからして、普段の口調でよいぞ」

「……えっと、ありがとうございます」

「お、口調が戻ったな。それでよい」

今の返事も敬語なのだが、俺が堅苦しい雰囲気を解いたのが向こうには伝わったらしい。なんで分かったのかと聞くと、王様は「んっ？　勘だ。儂の勘はよく当たるからの。ガハハハハッ」と笑って言った。

王様はそのあともずっと笑っていた。多分三十秒くらいは笑っていたと思う。笑い上戸なのかもしれない。

やがて王様は笑いすぎて疲れたと言ってソファーにドサッと座った。そして、こちらを見ながら対面のソファーを指差す。

「ラルクも座るとよい」

「あ、はい。失礼します」

俺もソファーに座ると、王様が話を切り出した。

「それで、今回呼んだのは察しておると思うが、教会のことだ」

予想通りだったな。

王様は、昨日捕まえた盗賊について教えてくれた。

あの盗賊は〝ランディオ盗賊団〟と言って、この国では有名なグループらしい。

強盗、誘拐、闇取引、その他にも悪さと言う悪さを働いているそうで、構成員もかなりの数なんだとか。

その中で一番の凶悪なのが、頭目であるランディオ・ホーディという男だと王様は言った。

ランディオ・ホーディは元々、この国の兵士だったらしい。だが、兵士間でのいざこざで同僚を殺めてしまい牢獄に入れられた。

しかし、ランディオは自分は悪いことをしていない、そんな自分を捕まえる国はおかしいと連日叫び、自らの拳と魔法を使って牢を破り逃走。その数年後、ランディオはこの国のいろんなところで暴れ回ったのだと教えられた。

そしてランディオは昨日の教会侵入時にも参加しており、俺が捕まえたおかげでやっと国の一番の悩みが解消されると王様は言った。そういえば、「頭」って呼ばれている人間がいたな。

「アジトの場所までは発見できておったが、ランディオは相当の手練れで、こちらもなかなか手を出せずにいたのだ……ラルクよ。今回のランディオ盗賊団の鎮圧と頭目の捕縛、国の代表として深く礼を言う。本当にありがとう」

王様は深く頭を下げたと思うと、いきなりバッと顔を上げた。

「それでラルクよ、お主は何か欲しいものはないか？」

「欲しいものですか？」

「うむ、国の一番の悩みを解決してもらったわけだからな。なんでも授けるぞ？」

「う〜ん……」

欲しいものか……別にないんだけどな。

だが、叶えてほしい願いならある。

「それなら、教会への援助金を増やしていただけないでしょうか？　神父様から『お金がなくて困っている』と聞いていましたので」

「むっ？　教会への援助金は月に金貨十枚を出しておるが……それでも足りぬのか？」

「えっ？」

俺の聞いていた話と違うな。確か神父様は「援助金は毎月金貨一枚だ」と言っていた。

そのことを伝えると、王様は眉をひそめた。

「……ふむ、どうやら儂の知らぬところで何か不正が起きているみたいだな。ラルクよ、すまぬが、今一度儂に手を貸してはくれぬか？」

「もちろん、俺でよければ」

俺と王様は立ち上がってがっしりと握手をし、部屋を出た。

廊下を歩いている途中、俺は王様に今回の教会での事件には不可解なことがあると伝えた。

それは、盗賊団が教会に入るために使用した貴族の馬車のことだ。

昨日教会から帰る直前に神父様から聞いたのだが、あの馬車は正真正銘この国の、それも地位の高い貴族用の馬車らしい。

するると、王様は「あれは一ヶ月ほど前に行方が分からなくなっていたものだ」と教えてくれた。

犯行に使われた馬車と同じタイプのものはいくつかあるが、全て王城へ保管されているので中の者が手引きをしないと盗むことはできないそうだ。

そのことを聞いて、俺は率直な意見を述べてみる。

「……これを言うのは失礼かと思いますが、もしかしてこの国の貴族の中に、盗賊団と繋がっていた者がいるんじゃないんですか？」

「うむ、儂もそんな気がしてきたな……」

それから俺達は地下へ続く階段を下りて、盗賊団の頭目であるランディオの牢にやってきた。

ランディオは茶色がかった髪に赤い瞳をしている壮年の男だ。その表情はやつれている。

王様はランディオに近付き、声をかけた。

「ランディオよ。久しいな」

「……」

ランディオは王様を一瞥すると、壁のほうを向いて黙ってしまった。

王様は少し寂しげな表情をしつつ、今度は俺に言ってくる。

「ラルクよ。お主の魔法でランディオを尋問室まで連行してくれ」

俺は指示通り、『土属性魔法』でガッチガチの拘束具を作製してランディオの手足に付ける。そして『風属性魔法』で浮かせて指定の場所まで移動させた。

尋問室にランディオを下ろすと、王様が再び話しかけた。

「ランディオよ。お主と繋がっていた貴族は誰か教えてはくれぬか？」

すると、ランディオは皮肉っぽい笑みを浮かべる。

「……いいぜ、教えてやるよ。だが、交換条件だ。俺の前にヒディルを連れてこい！」

ヒディルって誰だ？

質問しようと思ったが、とても口を挟める雰囲気ではない。

王様はランディオの言葉に目を丸くした。

「ヒディルだと？　何故だ。奴はお主とは接点はなかったはずだろう？」

「そう思っているのは頭がお花畑なお前らだけだッ！　あいつはな、俺とルートルを嵌めたんだよッ！」

ランディオがものすごい形相で叫ぶと、王様は困惑した表情を見せる。そして外で見張りをしていた兵士さんを呼びつけ、「すぐにこの場にヒディルを連れてくるのだ！」と言った。

しばらくして、見張りの兵士さんに連れられて別の兵士の男性が現れた。この人がヒディルか。

ヒディルは拘束されているランディオを一瞥すると薄く笑みを浮かべ、王様に敬礼しつつ話しかける。

「陛下、お呼びでしょうか」

「ヒディル。お主は、儂に隠し事をしておらぬか？　ランディオ達のことで」

王様はズバッとそう聞いた。

「いえ、決してございません。それにそこの男が兵士だった当時、私は所属部隊が違っていて彼とは接点がありませんでした」

ヒディルが即答すると、ランディオの表情が怒りに歪(ゆが)んだ。

「ふざけんな！」

そう叫んでランディオは立ち上がろうとしたが、手足を拘束されているために地面に転んでしまった。

ヒディルはさっと下がってランディオに近寄られたくないとばかりに距離を取る。

その場でランディオがもがいていたので、俺は『風属性魔法』でランディオを元のように座らせた。

「……ランディオ、お主はヒディルから何をされたのだ？」

王がランディオに聞くと、彼はヒディルを睨みつけながら事情を説明しだした。

◇

それは、まだランディオが兵士になる前の時代の話。

若かりし頃のランディオは、同郷の幼馴染(おさななじみ)であるルートルと共に、レムリード王国の兵士になるために故郷を飛び出して王都にやってきた。そこで兵士になるための試験を受け、二人とも無事合格したという。

ランディオは第一兵団に、ルートルは第二兵団に所属することになった。互いに別々の団ということもあり二人は昔より話す時間が減ったが、休暇のときは一緒に遊びに出かけていたのだとか。

そんなある日、ルートルは第三兵団に友人ができたと言って一人の男を連れてきた。それがヒディルだったらしい。ルートルとヒディルは兵団の合同演習を通して仲良くなったのだという。

ランディオとルートルがヒディルを交えて遊ぶようになってからしばらくして、事件は起きた。

とある休暇の日の夜、行きつけの店で酒を引っかけてから二軒目に向かっている途中、ヒディルが妙な錠剤(じょうざい)をランディオ達に見せた。

「いいもんを手に入れたから持ってきたんだ。飲めば気分が良くなるぜ」

ヒディルはそう言って、錠剤をランディオ達に分けた。

ランディオは怪しく思ってルートルに「飲むな」と忠告したが、ルートルは「せっかく友達がくれたものだ」と言って取り合わず、錠剤を口にしてしまう。

それから少しの間は、ルートルはいつもより多少陽気なように見えるだけでいつもと変わらなかった。だが、さらに時間が経って彼に異変が生じる。

段々と顔色が悪くなり、目の焦点も合わず、ブツブツとうわ言を口にするようになった。

その様子を心配したランディオがルートルの肩に手をかけたとき――

ルートルは別人になったかのように凶暴になり、休暇のときでも護身用として持っていたナイフを取り出して突如ランディオに襲いかかった。

激しい揉み合いになった。

ランディオは必死にルートルを押さえつけ、ヒディルに助けを求めたが、ヒディルは薄く笑みを浮かべるだけで一向に助勢しようとしない。それどころか、ヒディルは二人を置いてその場から姿を消してしまった。

ランディオは混乱しつつもなんとかルートルからナイフを取り上げようとしたが、ルートルは恐ろしいほどの力で抵抗した。このままでは自分の命が危ないと感じたランディオは、ルートルを突き飛ばして一度距離を取った。

それが間違いだった。ルートルの様子はさらにおかしくなり、持っていたナイフで自分の心臓を突き刺してしまったのだ。

ランディオは一瞬呆然としたが、すぐにルートルに駆け寄って命を助けようとした。だが、すでに遅くルートルはこと切れてしまっていた。

そのすぐあと、ヒディルが憲兵を連れて戻ってきた。ランディオはヒディルが憲兵に助けを求めに行ったのだと思い、事情を説明しようとしたが、ヒディルはまるで見知らぬ暴漢を見るような目でランディオを指差してこう言ったのである。

「あの男が突然、連れの男の胸にナイフを突き刺したのを見たのです！」

その言葉を受け、憲兵はただちにランディオを捕縛した。ランディオがいくら事情を説明しても聞く耳を持たなかった。

ヒディルは拘束されたランディオに近付き、まるで初めて気付いたような顔をして続けて言った。

「き、貴様はまさか、第一兵団のランディオではないか!?　レムリード王国の兵士とあろう者が、殺人を犯したというのか!?　貴様、厳罰は免れんぞ!!」

このときのランディオにはヒディルの目的が分からなかった。ただ、自分が目の前の男に嵌められたのだ、ということは悟ったのである……

◇

「……あとは王様も知っての通りさ。俺の弁解は聞き入れられず、投獄された。無実の、しかも親友を殺したという不名誉な冤罪で処刑されたくなかったから、牢屋から逃げ出したってわけさ」

俺と王様はランディオの話を聞いて呆気に取られていた。

今の話、どこからどこまでが本当なんだ？　もし全てが真実だとすると、悪者は……

そのとき、ヒディルが強気な口調でランディオに言った。

「自分が助かりたいからと言って、何を言っているんだ？　そんな妄言、馬鹿馬鹿しい」

続いて、王様もランディオに話しかける。

「ランディオよ。その話は真か？」

「この状況で嘘をついてどうする？　まあ、俺よりそっちの糞野郎の味方だろうがな、昔も今も」

王様はしばらく考え込み、意を決したように俺のほうを向いた。

「ラルク。お主は確か悪魔を使役していたな？」

「神父様から聞いていたんですか？」

「うむ。確か悪魔は嘘を見破る能力を持っていると聞いた。ヒディルとランディオ、どちらが本当のことを言っているか確かめたい。力を貸してはくれぬか？」

「分かりました」

俺は頷いて、その場にゼラさんを呼び出した。

ゼラさんは事情を説明すると、珍しく思案するような表情を浮かべながらこう言った。

「確かに私はどっちが嘘をついているか分かるけれど、それを伝えても信じてもらえるかは別問題じゃないかしら？」

「それもそうですね……」

ゼラさんが真実を教えても、それを真実かどうか判断するのは結局王様なわけで……あんまり意味がない気がする。

どうしようかな、と思っていたら王様がゼラさんにとんでもない提案をした。

「ならば儂に、嘘を見抜く能力を授けてくれぬか？　対価はいくらでも払う」

「できなくはないわね。ただし、悪魔と契約してもらうことになるわよ？　私じゃなくて、部下の下級悪魔とだけど……あと、契約したら寿命とかもらっちゃうけど大丈夫？」

「それでも構わん」

王様は即答した。ほ、本当に契約するのか？

一応「やめておいたほうがいいんじゃ……」と言ってみたが、王様は頑なに首を横に振った。

「もしランディオの言うことが真実なら、こやつに罰を下したのは儂の失態だ。儂にも償いってものがある」

「あらあら、なかなか一本気な子ね」

ゼラさんはそう言ったあと、王様に悪魔契約のやり方を教えた。

王様は手順に従って下級悪魔を召喚し、寿命を一年支払う代わりに嘘を見抜く能力を授けてもらった。

その結果……

「なんと、嘘をついていたのはヒディルのほうだったか……」

王様は愕然(がくぜん)とした様子でそう呟いた。ゼラさんのほうを見るとうんうんと頷いていたので、どうやらランディオの言うことが正しかったらしい。

「こいつ嘘言ってない。そこにいる奴、嘘ついてる」

王様が契約した悪魔も、ランディオに〝真実〟の判定、ヒディルに〝嘘〟の判定を出している。

これはもう間違いないな。

すると、ヒディルが取り乱したように叫ぶ。

「な、私は何もやっていないのです！」

その直後、王様は丸太のように太い腕でヒディルを殴り飛ばした。

そして兵士を呼びつけ、気絶したヒディルを牢に入れるように命じる。

「ランディオよ。すまなかった」

王はヒディルが連行されたあと、地面に頭を付けてランディオに謝罪した。

「今更謝罪されたところで何も変わらん。さっさと俺を殺せ」

ランディオは憎々しげにそう言い放つ。

一つの事件から浮かび上がった過去の殺人事件の真相は、こうして暴かれたのだった。

◇

これはヒディルが投獄されてからの数日間の話だ。

あのあと、王様はヒディルに対してキツい尋問をした。その結果、ヒディルから動機を聞き出すことに成功した。

ランディオとルートルは田舎者でありながら、優秀な兵士として周囲から一目置かれていた。彼らほどの才能に恵まれなかったヒディルはランディオ達を妬ましく、失墜させてやろうと犯行の計画を練ったのだとか。合同演習を通じてルートルと友人になったふりをしたのも、計画の一つだったらしい。

ヒディルは闇市を通じて、服用者の精神を乱れさせる薬を入手した。ルートルに飲ませたのはこれである。

ランディオとルートル、二人の人生を滅茶苦茶にした罪は重いとされ、ヒディルはただちに処刑されたのだった。

ヒディルの処刑が伝えられると、ランディオは盗賊になってからの全ての罪を自白した。

その際ランディオは、盗賊団と繋がっていた貴族の名前も明かした。その貴族を問い詰めると、芋づる式に教会の援助金を中抜きしていた貴族達の存在も明らかになる。王様はすぐに彼らを逮捕し、それぞれに見合った刑罰を与えた。

そして……


「なんであいつは死んで、俺は生きてんだ？」

ヒディルは処刑されたが、ランディオは処刑されなかった。

なんでも改めてランディオ盗賊団のことを調べると、強盗や誘拐はしていたものの、殺人だけは一切やっていなかった。決してその他の罪が軽視されているわけではないが、ランディオの証言で腐敗した貴族を一掃できたという功績もあり、王様が処罰を決める議会で便宜を図った末、国外追放となったのだった。また、捕まっていた彼の部下も同様の処置を取られることに。

ランディオ盗賊団はどこで新たな人生を過ごすのかというと……実は、ファンルードに住んでもらうことにしたんだよね。

元犯罪者という肩書があると他の国でも肩身が狭いだろうし、それならいっそうちの世界に来る？　と聞いたら全員飛びついてきたのだ。

「この世界では、悪さをしないほうがいいからね？　ランディオは一度見たことがあると思うけど、悪魔のゼラさんをはじめ色々な伝説の種族がいるから、犯罪なんて起こしたらまず命はないよ」

「「「……」」」

一応忠告したら、みんな無言で何度も頷いていた。まあ、この様子なら大丈夫だろう。

彼らはファンルードでも色々な仕事をするが、一方で俺の隠密としても働くことになった。盗賊業で培（つちか）った技術は、冒険者活動なんかでも役に立つだろう。

「隠密として働いてもらうときはちゃんと給金も払うよ」

ランディオにそう言ったら、こんな返事をされた。

「つまり俺達は今後、お前専用の〝影〟として働くってことだな」

「いや、まあ間違ってないけど」

「分かったよ。お前の部下になってやるよ」

「部下って……まあそれでもいいか。これからよろしくね」

一連の騒動をあとになって義父さんに報告すると、感心した調子で褒めてくれた。

「俺が結婚式の準備で浮かれているときに、ラルクはすごいことをしてたんだな」

「まあ、半分は成り行きで関わったみたいなものですけどね」

俺は苦笑しながらそう言ったのだった。

4　結婚式

レムリード王国の、不正を働いていた貴族が一掃された翌日、俺は義父さんとシャルルさんと三人で庭で鍛錬をしていた。

「義父さん、シャルルさん、改めてごめんなさい。俺のせいで結婚式まで日が延びちゃって」

「そのことはもういいって言っただろ？」

「そうです、ラルク君が謝ることはないですよ」

義父さん達はそう言ってくれたが、それでも俺はやはり申し訳ない気持ちでいっぱいだった。

実は貴族達に罰を与えた影響で国が多少ゴタついて、結婚式の日程が後ろ倒しになったのだ。

本当に、義父さん達には悪いことをしちゃったな。

何かでお返しできればいいけど……

考え事をしながら体を動かしていたら、シャルルさんが感心したように言ってくる。

「それにしても、前から噂で聞いていましたがラルク君の動きは本当に綺麗ですね」

「そうですか？　というか、噂ってなんですか？」

その質問には義父さんが答えた。

「ラルクの名前は意外と広まっているぞ？　主に凄腕の料理人としてだが、一部ではラルクの剣術や魔法、これまでの功績とかも知れ渡っているな」

すると、シャルルさんはウンウンと頷いた。

「知力、武力の両方が優れていて、人当たりもいいと、こちらの国では噂になってますよ」

「ほお〜、それはすごいな」

「……なんか恥ずかしいですね」

ここまで手放しで褒められると少しむず痒（がゆ）い。

シャルルさんは俺の顔を見てクスッと笑う。

「ふふっ。ラルク君も普通の子供みたいに、恥ずかしいときは顔を赤く染めるんですね。色々と噂を聞いていたから、すごい子が義理の息子になるんだなって緊張していたけれど、少し安心しました」

「普通の子供みたいにって……そもそも俺は普通ですよ」

俺はわざと少しムッとした表情を作ってそう返したが、シャルルさんの笑顔を見てクスッと笑みが零れた。

そんな俺達を見て義父さんも微笑み、少しの間俺達は笑い合った。

その後、一旦鍛錬は休憩にして家に戻り、昼食をとることに。

家に着くと、シャルルさんが話しかけてくる。

「……ラルク君。よければだけど、ラルク君の料理を食べさせてもらえませんか？　噂を聞いて、ラルク君の作る料理が気になっていたんです」

「いいですよ。それじゃあ厨房を借りてもいいですか？」

「ええ！　ラルク君がいいって言ったら貸してくれるようにって、料理人には先に言っていたんです」

シャルルさんはパァッと笑みを浮かべて俺の手を取った。そして俺はそのまま、タタタッと厨房へ連れていかれた。

シャルルさんが「あとはよろしくお願いします」と言って出ていったあと、俺は料理人さん達に軽く挨拶をして『便利ボックス』から材料を取り出す。

そのままさっそく調理を始めていった。

「ラルク殿、その、お聞きしてもよろしいかな？」

一品目の焼飯が完成して二品目に取りかかろうとしたところで、この厨房の最高責任者という調理長から声をかけられた。

「はい、どうしました？」

一旦手に持っていた包丁を置いて、調理長に顔を向ける。

「そちらはなんという料理なのでしょうか？」

「ああ、これは焼飯って言います。米という食材を炒めて味付けしたものですよ」

レコンメティスでは米料理の認識は高くなってきてはいるが、レムリードではまだそこまで普及していないみたいだ。

「これがあの噂の……」

他の調理人が首を傾げる中、調理長は目を見開き焼飯を食い入るように見つめた。

「……良かったら、作り方を教えましょうか？」

「ッ！　ぜひ教えてください！」

調理長は俺の言葉にすぐにそう反応すると、他の調理人を一旦外に出した。彼が言うには、料理のレシピは秘伝のものであるため、むやみに作り方が広まらないように配慮したらしい。

俺は調理長の行動に内心驚きつつ、一から焼飯の作り方を伝えた。

そのあと、出来上がった焼飯と、付け合わせの料理を持って義父さん達のところへと戻った。

「おっ、メインは焼飯にしたのか。美味そうな匂いだな」

「これが、あの噂の焼飯！　レコンメティスに行ったときは色々と慌ただしくて、結局食べることができなかったんです」

焼飯を何度も食べている義父さんはリラックスした様子で運ばれてきた焼飯を見たが、シャルルさんは目をキラキラとさせて見つめている。

俺も席に座り、三人で焼飯を食べ始めた。

「ッ！　美味しいッ」

シャルルさんはビクッと体を揺らし、口に入っていた焼飯を飲み込んだ。

気に入ってくれて何よりだ。

その後もシャルルさんはもぐもぐと美味しそうに焼飯を食べ続け、俺と義父さんが半分を食べ進めた頃には一人だけ完食してしまっていた。

一粒も残さず綺麗に食べ終えたシャルルさんは、焼飯がなくなった皿を悲しげに見つめた。

「も、もうなくなってしまったわ……」

「……おかわりあるけど、食べます？」

「まだあるの⁉」

「はい、少し多く作っていたので」

俺はそう言って、『便利ボックス』から先ほどの調理で余っていた焼飯を取り出した。すぐに

『便利ボックス』へ収納したので、出来立て状態だ。

シャルルさんはそれを見るとパァッと笑みを浮かべ、自分で皿に盛り付けてまた美味しそうに食べ始めた。

義父さんがシャルルさんの様子を見ながら言う。

「シャルルがこんなに飯を食べるとは知らなかったな」

すると、シャルルさんはわずかに頬を染めて返事をした。

「実は、私も自分がこんなに食べられるなんて思ってませんでした」

「多分、四人前は食べましたね」

「……そ、そんなに」

俺の言葉に、シャルルさんは自分のことなのに驚いた顔をする。

シャルルさんの表情を見て、義父さんがクスッと笑った。

シャルルさんは先ほどよりもさらに恥ずかしそうにしていた。


ご飯を食べたあと、俺達は再び庭に出た。

そして、食後の運動として軽く模擬戦をしてみることに。

「まずはグルドさん、お相手いいですか？」

準備運動をしたあと、シャルルさんが義父さんに言った。

「いいぞ」

義父さんは笑みを浮かべてそう答えた。

「それじゃ、俺は審判をやりますね」

「ああ、頼んだ。ラルク」

「お願いします。ラルク君」

その後、俺は二人の戦いの審判をしたり、シャルルさんと戦ったり、久し振りに義父さんとも戦ったりして一日を終えた。

◇

翌朝のこと。

今日は何をしようかな、と思いながら自分用にあてがわれた部屋で本を読んでいたら、王城の使いの人がやってきた。玄関ではなく俺の部屋の窓から。

「ラルク様、失礼します」

「うわ、びっくりした。えっと、なんの用ですか？」

「実はラルク様に、王城までお越しいただきたいのです。私は王の使いです」

「そ、そうなんですか……」

王様が、俺に用があるってことかな。

断る理由はないので承諾して、義父さんに王城へ行ってくると言いに行こうとしたら使いの人に止められた。

「待ってください。実は、ラルク様が王城へお出かけになることは他の方々には秘密にしておいてほしいのです」

「え、なんでですか？」

「私には分かりかねるのですが、そういう命を受けておりまして」

「……まあいいか。分かりました、それじゃあ俺も窓から出ますね」

そう言って俺は使いの人と一緒に窓からシャルルさんの家を抜け出した。義父さんに不在がばれたら、教会に遊びに行ったことにしよう。

お城へ着くと、王様の私室に通された。

中に入り、待っていた王様に挨拶する。

「おはようございます、王様。今日はどうしたんですか？」

「うむ……そのだな、ランディオは元気にしておるか？」

「ええ、まあ元気だと思いますよ」

従魔によると、最近はすっきりとした顔つきで日々隠密としての訓練に励んでいるらしい。

「そうか」

王様は少し嬉しそうな顔でそう言った。

「あの、呼び出しの理由ってランディオのことを聞くためですか？」

「それもあったが、それだけのために呼んだわけではない。今から話すことが本題だ。実はフレーディア家の令嬢の結婚について、相談があって呼んだのだ」

「シャルルさんのことですか？」

「うむ、本来であれば今頃は式を挙げ、新しい家族との生活を始めておったはずだが、国の異分子を除くために動いた影響で挙式を遅らせてしまっただろ？」

どうやら、式を延ばしてしまったことを王様は申し訳なく思っているらしい。

それで、何か二人のためにしてあげたいと考えているそうだ。

なるほど……義父さんや他の人に俺の外出を伝えてほしくなかったのはそういう用件のためだったのか。

それに協力すること自体は別に構わないんだけど、ちょっと気になることがある。

俺は王様に疑問をぶつけてみた。

「……一国の王様が、家臣の結婚のためにそんなことまでするんですか？」

「フレーディア家は特別なんだ。前当主は儂の幼馴染で、現当主も息子と仲良くしている」

「なるほど……」

王様とフレーディア家の間にわだかまりを残したくないから、解消したいということか。

「力を貸してくれぬか？」

王様の言葉に、俺は少し考えたあとに頷く。

「分かりました。協力させてください」

「おお、助かるぞ」

「それで、具体的にはどういったことをしようと考えてるんですか？」

「まず、式場の手配をしようと考えておるのだが」

「あー……」

それはもう義父さんとシャルルさんが決めているんだよな。

正直にそのことを伝える。

「式場はすでに義父さん達が決めたので、あまり効果がないですね。今から変えるとなったら式場の方にも迷惑をかけちゃいますし」

「そうか、確かにそうだな……」

王様はそう呟いたあと、黙り込んでしまった。

え？　まさかもうアイディアがないのか？

……仕方ない。こちらからも意見を出してみようかな。

「じゃあ……たとえば、お詫びの品として結婚生活で使えそうなものを贈るっていうのはどうでしょうか？」

「なるほど、贈り物か……」

「オススメするとしたら、家具ですかね。義父さん達、確か結婚後は新しく家具を買うと言っていたので」

「なるほど、家具か。いい職人を知っておるから丁度いいな！」

王様はそう言うと、すぐに部屋の外に向かって呼びかけた。

すると、扉の前で待機していたらしい執事さんが現れる。

王様がその職人に連絡を取るように命じると、執事さんは一礼して下がっていった。

その後、俺は相談に乗ったお礼として、王様が通っているという食堂に連れていってもらい食事をご馳走してもらった。

食後、王様達と食堂で別れる。そしてシャルルさんの家へこっそりと戻ったのだった。

時刻は……まだ昼過ぎか。うーん、午後の予定もないから暇だな。

そうだ、ファンルードに遊びに行くか。

さっそく門を開き、ファンルードへ入る。

「あら、ラルク君。どうしたの？」

門を潜ると、偶然ゼラさんとばったり会った。

「ちょっと暇な時間ができたので、こっちの様子を見に来ました。何か、変わったところとかありますか？」

「今のところはないわね。開拓も順調に進んでいるわ」

ゼラさんはそう言うと、指をパチンと鳴らしてどこからか紙を出現させた。現在進めている事業をまとめた資料らしい。

資料を受け取り、内容を確認する。

「農村地を結構広くしたんですね」

「ええ。ラルク君のことだから今後も住民を増やすだろうと思って、今のうちに迎え入れる準備をしておこうと思ってね。それと、区画も分けていろんな作物を育てたほうがいいんじゃないかって会議で話し合って決めたのよ」

「なるほど、それはいい案ですね」

ゼラさんとファンルードの今後について少し話をしていると、銀竜のシャファルがやってきた。

竜と言っても今は人間に変身しているけどね。

どうしたのかと聞いたら、俺の魔力がファンルードに出現したことに気付いて遊びに来たとのこと。

俺達はしばらく三人で談笑して楽しく過ごしたのだった。

◇

それから数日間はあっという間に過ぎた。

義父さん達と一緒に訓練をしたり、王様のところへ行ってどんな家具を作って贈るのがいいのか相談をしたり……

忙しくも楽しい日々を送り、ついに結婚式当日を迎えた。

「……なあ、ラルク。変なところはないか？」

新郎の控室（ひかえしつ）で新郎衣装に着替えた義父さんは、ガチガチの表情で隣にいる俺にそう質問をしてきた。

「……義父さん、何回目？　大丈夫ですよ。今日の義父さん、俺が今まで見てきたどんな人よりもカッコいいです」

義父さんのことだから緊張しているだろうなと思い、式が始まるまで近くに付いていることにしたのだが……同じことを何度も聞いてくるんだよな。

「義父さん、今さら緊張してどうするんですか？　今日のために段取りを何度も練習したんですよね？」

ちなみに、そのときの練習相手は俺である。

何度も何度も何度も何度も付き合ったので、義父さんがどれだけこの式に備えてきたのかは身をもって知っている。

「し、仕方ないだろ。まさか自分の結婚式に、三ヶ国の王族が来るなんて思いもしなかったんだから……」

義父さんの言う通り、今日の結婚式にはレコンメティス王国、レムリード王国、ルブラン国の三国の王族がゲストとして参列している。また、俺の実家であるルブラン国の大貴族、シャファルバーク家も招かれていた。

なかなか緊張が解けない義父さんだったが、ついに係員から名前を呼ばれると覚悟を決めた顔で歩いていった。

俺は義父さんを見送ったあと、式場の中に入る。

「ラルク君、遅かったね。グルドさん、大丈夫だった？」

式場の中に入って自分の席に座ると、レコンメティス王国の第一王女であるリアが先に俺の右に座っていて、心配そうに聞いてきた。

「う〜ん、微妙だね。緊張して頭が回ってなさそうだったから、ちゃんと誓いの言葉を言えるか心配だよ」

「そんなにグルドさん緊張していたの？」

「あんな義父さんの姿は初めて見たよ。まあ、気持ちは分かるけど」

俺が言うと、リアの右に座っていた冒険者仲間のレティシアさんも会話に加わる。

「それにしても、式に参列しているのってすごい人ばかりだね。私、本当にこの場にいていいのか不安になるよ」

レティシアさんの言葉に、俺の左に座っていた冒険者の女の子、リンも「私も」と同意していた。

一方、リンの左に座るアスラは比較的リラックスしている様子だった。アスラはルブラン国の王子だしな。あんまり緊張することもないか。

俺を含めたこの四人は同じ冒険者パーティのメンバーだ。今日の式に来てほしいと俺から頼んだら、みんな「ぜひ！」と言ってくれたんだよな。

俺は緊張しているというレティシアさんとリンに向けて言う。

「そこまで不安にならなくても大丈夫ですよ。今日はおめでたい日なんですし」

だが、二人の表情はこわばったままだった。うーん、仕方ないか。

そのとき、会場の扉から係員の人が入ってきた。ついに義父さん達の結婚式が始まるみたいだ。

俺達は会話をやめ、扉のほうへ顔を向ける。

扉から先に入って来たのは、新郎姿の義父さんだ。先ほどまでは顔が真っ青だったのに、今はキリッとした顔をしている。本番で腹をくくったのかもしれない。

義父さんの入場から少し間を置いて、シャルルさんがお父さんと共に入場してきた。

普段から綺麗な人だとは思っていたが、ドレス姿のシャルルさんはさらに美しさに磨(みが)きがかかっていた。

「シャルルさん、すごく綺麗……」

ポツリとリアが言葉を漏らしたのが聞こえた。

レティシアさんとリンも「綺麗……」と呟いている。

シャルルさんは義父さんのところまで歩いていく。

義父さんはドレス姿のシャルルさんを見て、一瞬だけ体を硬直させた。

しかし、大勢の前で失態を見せてはいけないと思ったのかすぐに元に戻り、シャルルさんと並んで式を取り仕切る神父様に体を向ける。

式は順調に進んでいく。

そして、義父さん達はみんなの前で誓いのキスを行った。

義父さんの幸せそうな顔を見ながら、俺は誰にも負けないくらいの大きな祝福の拍手を送ったのだった。

リンにあとから聞いたが、このときの俺は感極まって号泣していたらしい。


その日の夜、俺は義父さんと久し振りに二人で風呂に入ることにした。

「はぁ、緊張した～……」

体を洗い、汚れを落とした義父さんは、先に湯船に入っていた俺の隣に座りながらそう言った。

「お疲れ様でした。それにしても、あんなに緊張した義父さんは初めて見ましたよ」

「ああ、あんなに王族や貴族がいるとどうしてもな……いやまあ、アルスは俺が呼んだんだが。しかし、まさかルブラン国も来るとは思わなかったな……あとシャファルバーク家が来るって知ったとき、シャルルもマジで驚いていたなぁ」

しみじみと呟く義父さんに、俺はふと尋ねてみた。

「ところで義父さん、もう結婚したんだから寝室はシャルルさんと一緒にするんですか？」

「ばッ！　ラルクお前、それ意味分かって言ってんのか！」

義父さんは反射的に湯船から立ち上がって大声を上げ、それから座り直してボソッと呟く。

「子供が何を言ってんだ、まったく」

「子供って言ったって、俺ももうすぐ十五歳ですよ？」

義父さんの慌てふためく姿はちょっと面白かったが、あまりからかいすぎるとせっかくの風呂なのに疲れが取れないだろう。

俺は、改めて義父さんに「おめでとう」と祝福した。

義父さんはムスッとしていたが、顔にふっと笑みを浮かべ「ありがとな」と返してくれた。

俺は義父さんより少し早めに風呂から出て、フレーディア家の自分の部屋に戻った。

「ラルク、嬉しそうじゃな」

部屋に戻ると、人間の姿のシャファルがいた。シャファルも義父さんの結婚式に参列していたんだよな。

「そりゃな、嬉しく思わないほうが変だろ？」

「同感じゃ。我（われ）もグルドの結婚と聞いたときは嬉しかったからの」

シャファルも幼竜時代、なんだかんだ義父さんと過ごす時間が多かったもんな。

しばらくシャファルと昔話をしてから、俺は眠りに就いた。

◇

翌日、結婚式に列席してくれた人達をそれぞれの国に送り届け、フレーディア家へ別れの挨拶をしたあと、俺は義父さんとシャルルさん――いや、これからは義母さんか――と共にレコンメティス王国へと帰国した。

「俺達はこのまま自分の領地のほうに行くが、ラルクはどうする？」

そういえば義父さんは、この間貴族の仲間入りをして土地をもらったんだっけ。俺もそちらでしばらく暮らすことになっているんだけど……

「数日くらいは王都で過ごしますよ」

「……気を遣わなくてもいいんだぞ？」

義父さんが言うと、義母さんもウンウンと頷いた。

いや、二人が良くてもなぁ……

俺は二人にしばらく新婚生活を楽しんでほしいと説得して、義父さん達と離れて数日過ごすことを了承してもらった。

というわけで俺は一人で王都へと無事に戻ってきた。

5　領地改革

王都に戻って来た翌日。

俺はパーティメンバー達と共に冒険者活動を行っている。

「そういえば、ラルク君はいつ領地のほうに行くの？」

目的地の森へ歩く途中、レティシアさんがそう質問してきた。

「う〜ん、義父さん達には新婚生活を満喫してほしいので、三日間くらいはこっちで冒険者活動をしようと考えてます」

「確かに新婚生活は邪魔したくないもんね〜」

レティシアさんは俺の気持ちを汲み取ったように頷き、続けてこう言った。

「ならさ、ラルク君が領地に行っている間、リンちゃんを私の家に泊めてていいかな？」

「リンがいいんなら大丈夫ですよ。向こうに行っても俺は仕事があるので、リンといられる時間はあまり作れそうにないですし。それに、リンもレティシアさんといたほうが楽しいと思いますから」

すると、俺達の会話を聞いていたリンが言う。

「それじゃ、私はラルク君が戻ってくるまではレティシアさんのところで泊まってるね」

ということで、しばらくリンと離れて過ごすことになった。

それから三日間は張り切って冒険者活動をし、ついに義父さんの治める領地『ヴォルトリス領』へ行く日を迎えた。

アスラ達に「行ってきます」と挨拶し、俺が経営する店の従業員であるナラバさん達にも王都から離れることを伝える。そして、久し振りに空の旅をしてみたいと思いシャファルの背に乗り領地へと向かった。

ヴォルトリス領の義父さん達がいる屋敷の上まで飛んでいくと、門のところで義父さんが待っていた。

着地してシャファルの背から降りた瞬間、義父さんから開口一番に説教を食らった。

「ラルク、お前な……シャファルに乗ってくるのは構わないが、時間を考えろよな？　こんな昼から領民がシャファルを見たら、みんな混乱するだろ？」

「うっ、ごめんなさい……」

義父さんの隣には義母さんもいて、「ラルク君って頭がいいのにどこか抜けているって聞いたことがあるけど、本当だったのね」と言われてしまった。

義父さんの説教が終わり、屋敷の中に入る。そしてそこにいたメイドや執事さん達に挨拶をして義父さんと一緒に書斎に向かった。

書斎に入ると、義父さんからこの領地の問題をまとめた一覧の紙を渡されたので目を通す。

「大体分かりました。それじゃ義父さん、さっそく仕事に取りかかっていいですか？」

「ああ、頼む。一応、各地の村と町の長(おさ)にはラルクのことは伝えているからな。見かけたらちゃんと挨拶するんだぞ」

義父さんそう注意されつつ、俺は屋敷を出た。

最初に向かったのは、この屋敷がある城下町のとある区画である。

この城下町の問題点は、前領主である俺の元父親が「自分はすごい人だ！」と民から思われたくて何個も作った像だ。邪魔だから全部壊してほしいという要請が住民からあったんだよな。

「……この像、美化しすぎだろ」

問題となっている像の一つの前に到着した俺は、思わずそう呟いた。

決着をつける際に見た元父親の姿は小太りのおっさんだったが、建っていたのはスラッとした男性だった。それも道の真ん中に置いてある。本当に邪魔だな。

像の周りには人がいたので、俺は彼らに声をかける。

「すみません。今から工事しますので少し離れてください」

人を遠ざけたあと、『風属性魔法』で像の破片が飛ばないように風の壁を作る。そして、『雷属性魔法』で粉砕した。

『土属性魔法』で解体できるかな？　とも思ったが、土以外の素材も使っていたみたいでそれは無理だった。

それから、城下町の地図を見ながら像を一つ一つ壊して回る。ついでに、像があった場所の道路も整備して回った。

お昼前には全ての像を壊し終える。お腹が空いてきたので、この町の冒険者ギルドの食堂で食事をとることにした。

それにしても、像の数がとんでもなかったな。まさか百個近くあるとは思わなかった……

ちなみに、像にはほぼ全て、落書きやら酷い文面が書かれていた。やっぱり民からも嫌われていたんだなと再認識する。

食事を終え、次なる仕事へと取りかかる。次は城下町から少し離れた町の仕事で、道路の整備をしてほしいという内容だった。

「面倒なものは俺がやるから残しておいていいよと言ったけど、流石に多くないかな……」

食事中に改めて資料を確認したところ、数枚にわたってビッシリとまとめられていた。

これは骨が折れそうだ。というか、俺一人だけでは時間がどんなにあっても足りない。

そう思った俺は、ファンルードから手を貸してくれる人を呼んだ。

すると、すぐに志願者が集まる。道路整備はファンルードの人達に任せることにしよう。

現場に到着した俺は、まず長のところに挨拶に向かった。

「これはこれは、あなた様が新しい領主様であるグルド様の息子のラルク様ですか」

「はい、よろしくお願いします。これから町の道路整備に取りかかろうと思うのですが、よろしいでしょうか？」

「お願いします」

長はすぐに、今から道路整備が始まるからなるべく邪魔にならないようにしてください、と町の人々に連絡してくれた。

俺はファンルードの住民の中でも特に建築系の仕事が得意な鬼人(きじん)族の皆さんに材料を渡す。彼らはさっそく仕事に入ってくれた。

俺は次なる町へと向かった。

次の仕事は、劣化が進んで崩れてしまった建物の撤去と、土地の整備というものだった。

こういう仕事ならすぐにできるので、俺がやろうかな。

町に着いたあとすぐに長のところに挨拶に行き、現場に向かう。そして建物を焼き払い、『土属性魔法』で土地を均して撤去と整備を終わらせた。

その後も、俺は次々と問題解決のために動き回った。

義父さんに怒られたばかりだったので、最初は身体強化魔法で自身を強化して猛スピードで動き回っていたが、段々それも疲れてきた。ということで、最後のほうはこっそりシャファルに乗って各地を移動した。


「ふ～、なんとか今日中に全部片付いたか……」

全ての町と村の問題解決に出向き、ファンルードから来て代理で仕事をしてくれた人も戻し終えた俺は、屋敷に帰ってきてドサッとソファーに座った。

するとすぐにメイドさんがお茶を持ってきてくれたので、お礼を言って一口飲む。

そこに、義父さんがやってきた。

「お疲れのようだな、ラルク」

「あれだけ仕事をしたら、そりゃ疲れますよ。というかこの領地、問題ありすぎじゃないですか？」

「俺だってこれでも結構頑張っていたんだぞ？　前の領主がいい加減な統治しかしていなかったせいで、ラルクが今日片付けた仕事の何倍も面倒な案件がたくさんあったんだ。解決の手伝いをしてくれた隣の辺境伯には頭が上がらないよ。一段落したらラルクも挨拶に行ってくるんだぞ」

「はーい」

義父さんがその場を去ったあと、入れ替わりで屋敷の料理人の人達がやってくる。

「あの、私達にもラルク様の料理を教えてください！」

こちらが挨拶する前に、いきなり頭を下げられた。

とりあえず理由を聞くと、彼らは王都にある俺の店の評判を耳にして一度料理を教わりたいと思っていたが、王都まで行く路銀もなく諦めていたらしい。

彼らは現領主である義父さん達に美味しい料理を出したいと言ったので、俺はその心意気にぜひ応えてあげたいと思った。

疲れてはいたが厨房に向かい、いくつかのメニューを教える。

料理人さん達は嬉しそうに作った料理を義父さん達に持っていったのだった。

◇

それから数日間、俺は義父さんから渡される仕事を一つ一つ解決していった。

そして領地に来て四日が過ぎたとき、義父さんにこう言われた。

「ラルク。今日は仕事はしなくていいから休め」

「えっ？　まだ大丈夫ですよ」

「いいから休め。俺より動き回ってるんだ、少しは自分の体調管理をしろ」

こういうときの義父さんは絶対に譲らないんだよな。

仕方ない、今日はリフレッシュの時間にあてるか。

ということで、俺は久し振りにファンルードに遊びに来た。

ファンルードの運営や開発計画に関しては、ほとんどゼラさんとシャファルに任せている。一応報告だけは聞いているが、久し振りに自分の目で見てみよう。

まず、中央都市の表通りに行ってみた。

久方ぶりのファンルードは、活気溢れる世界へと変化していた。

シャファルはファンルードに、いろんな種族を連れてきた。エルフや獣人（じゅうじん）といった人達もファンルードの仲間入りをしている。

中央都市は、レコンメティスの王都とほぼ変わらない人の波ができていた。

俺はその波に呑まれないように裏路地を使い、中央都市で一番賑わいを見せている商業区へとやってきた。

商業区のお店には、この世界で作られている野菜や果物、養殖を始めた魚介類や、山菜が多く並べられてあった。

俺はその中にある一軒の店の中に入る。ファンルードに来たときは、一番利用しているお店だ。

店主は入店した俺に挨拶をしてくる。

「ラルク様、お久し振りです。今日はどういったものをお求めで？」

「う～ん、今日は特にコレと言ってほしいものはないんです」

「ほう、珍しい」

「あはは、今日は気晴らしで来た感じですから。何かオススメはありますか？」

「それでしたら、本日は山菜がおススメですよ」

店主はそう言って、いくつかの山菜を運んできた。その中から良さそうなものを選んでポイントを支払う。この世界ではお金じゃなくてポイントで商品を売買するんだよな。

店を出たあと、露店で売られている串肉を何本か買って路地裏に戻り、この町の発展具合を遠目から見ていた。

そのとき、つい最近知り合った人物を見つけた。

「ランディオ」

「んっ？　って、ラルクか。何してんだ？　今は領地で仕事してるんじゃなかったのか？」

俺が呼び止めた人物はランディオだった。

「ちょっとしたリフレッシュだよ。義父さんから働きすぎだって言われてね」

「あ～。グルド様に一度会ったとき、ラルクは集中すると休まないから注意してやってくれって言われたな」

「え？　そうなの？」

義父さんとランディオは知り合いだと思ってなかったから、ちょっと驚いた。

ランディオはたまに向こうの世界に戻ったりするから、そのときに会ったのかな。

「そんなに心配されるほどではないと思うんだけどね」

そう言ったあと、ランディオに最近のことを報告してもらう。彼も、彼の部下達も、この世界の暮らしに馴染んできたようだった。

「あぁ、そういやラルク。お前の従魔のルーカス、あいつどうにかなんねぇか？」

「ルーカスがどうかしたの？」

そう聞き返すと、ランディオはルーカスについての文句を言い始めた。

なんでもルーカスは最近、ランディオ達の訓練相手を務めているらしい。

単純なステータスだけで言えばランディオ達もルーカスに負けていないのだが、ルーカスはステータスに見合わない強力な技でランディオ達をコテンパンにして楽しんでいるのだとか。

なんたる意地悪だ。これは説教しないとな。

俺は頭の中で念じて、ルーカスをこの場に召喚する。

「ふ〜、まだまだだっすねッ！」

現れたルーカスはあらぬ方向を見てそんなことを言いつつ胸を張っていた。報告にあった通り、ランディオの部下をコテンパンにして楽しんでいたに違いない。

「ルーカス、今から少しお話をしようか」

そう声をかけると、ルーカスはビクッと体をこちらに向けた。

「ッ！　主殿、何故!?　はっ、ランディオも……まさか主殿に告げ口したんすか!?」

「当たり前だ馬鹿。銀竜の前では大人しくするのに、いなくなった途端にボコボコにしてきやがって。しっかり罰を受けるんだなッ！」

ランディオは吐き捨てるように言うと、その場から去っていった。

俺はルーカスに詰め寄る。

「さて、色々と聞きたいことがあるんだけどいいかな？」

「ヒィィッ‼」


……その後、ルーカスに対してきちんと罰を与えた俺は、監督者であるシャファルも呼び出してルーカスのことを注意しておいた。

さて、いい気分転換にもなったのでもう帰ろうかな。

門を潜り、ファンルードから元の世界に戻ってくる。

時間はまだ昼過ぎ。今日食べたものといえば串肉だけだったので、厨房に行って昼食を作ることに。

厨房にいた料理人さん達に料理を教えつつ、完成した昼食を美味しく食べた。

昼食中、料理人さんの一人からこんなことを聞いた。

どうも、こちらではお菓子が人気らしい。だが、王都のようにたくさん出回らないことから価値が高くなっているそうだ。

お菓子か……それならこっちにお菓子専用のお店でも建てたらみんな喜んでくれるかな？

売るお菓子についても考えないとな。どんなものがいいだろうか。

前世の記憶にあるお菓子のレシピを紙に書き出しつつ、今ある材料で作れるものを考える。

「甘いものもいいけど、せんべいとかもいいな」

と、そのとき、神様のサマディさんから念話が届いた。

(飴ならたくさん作れて、広めやすいんじゃないかな？　材料の砂糖も、ラルク君は大量に持ってるし)

いきなりの念話だったのでびっくりしたが、確かにサマディさんの言う通り、飴はいいかもしれない。

大量生産も可能だし、安価で売りやすい。この領地の名産品として王都に持っていけば、ここの知名度を上げることもできそうだ。

よし、さっそくやってみるか。

俺は再びファンルードに行き、ファンルード内の自宅で料理の実験を開始した。

まあ、実験と言ってもただ飴を作るだけだ。とりあえず材料を用意して、覚えている手順で飴を作っていく。

調理は魔法で手早く行い、あっという間に飴が完成した。

味見として一粒を切り出して舐めてみる。

……うん、美味しくできている。初めて作ったけれど、このまま商品として売れそうだ。

「今は暇だし、実際に売ることになったときのために、練習も兼ねてもう少し作ってみようかな」

独り言を呟きつつ、飴を量産していく。

それらを『便利ボックス』に詰め込んだあと、俺はファンルードから出て義父さんのところに試作品の飴を持っていった。

「どうですか？　試作段階なんですけど、味の感想を教えてもらいたくて」

「……ラルク、俺を驚かす頻度を少しは抑えてくれないか？」

義父さんはこめかみを押さえながらそう言ったあと、飴は十分美味しくこのまま売っても人気が出るだろうと評価してくれた。

義父さんだけでなく、屋敷のメイドさんや執事さん、料理人さん達に飴を舐めてもらう。そして感想を聞くと、全員が「美味しいです」と言ってくれた。

好評で良かった。今後も実験を重ねて、何個か味を増やせるようにしようかな。

◇

ヴォルトリス領にやってきて二週間が経った。

先日作った飴は、小包に梱包（こんぽう）して王都にいる商人のラックさん宛に届けてみた。同封した手紙に味の感想と、こちらで販売してもいいかを聞いてみると、返送された手紙には『販売は問題ない。自分も飴をすごく気に入ったので、早く王都に帰ってきてこっちでも売ってほしい』と書いてあった。

さて、今日も領地での仕事をこなさなければならない。

外出しようとしたら、門番さんが話しかけてきた。

「あっ、ラルクさん。今日もお出かけですか？」

「はい。今日は南部のほうの村が魔物の被害に遭って、土壁が壊れたらしいので修繕に行ってきます」

そう答えて、町の外に出る。

俺はシャファルに乗り、ゆっくりと空を飛んで目的地のナトロという村へ向かった。

それほど時間もかからず、ナトロ村に着いた。

この村には何回か来たことがあるので、長とは顔見知りだ。どこの壁が壊れたのかを聞き、その場所まで案内してもらう。

土壁は見事に壊されていた。幸い怪我人は出なかったらしいので、この壁は十分役割を果たしたことになる。

『土属性魔法』で壁を修繕し、念のため他にも壊れている場所がないかチェックするために村を一周する。

「あ、ここも崩れているな……それにしても、被害が少なくて良かったよ」

見つけた壁をその都度修繕していく。

全て直し終えたので長へ報告するために門のところへ戻ってくると、村の子供が声をかけてきた。

「あっ、ラルクのお兄ちゃん！　来てたんだ！」

その言葉が合図だったかのように、あちこちから子供が集まってくる。

「ねぇ、ラルクの兄ちゃん。今日は暇？」

「う〜ん、暇と言えば暇だね。今日のやることはここの壁の修繕だけだから」

最近、義父さんは仕事を小分けにして俺に渡すようになった。一度にたくさん渡すと俺が全部一日で解決しようとするから、という理由らしい。

そのおかげで、俺はある程度暇な時間が作れるようになっていた。こんなことならリンを連れてくれば良かったな、と少しだけ後悔する。

「それじゃラルクの兄ちゃん、一緒に遊ぼう！」

子供達を代表してそう言ったのは、この村で最年長のオルドだった。

それに続くようにして他の子供達も「遊ぼ、遊ぼ」とせがんでくる。

どうせ帰っても暇だし、一緒に遊ぼうかな。

俺は子供達と一緒に広場へ移動した。以前要望があって俺が作ったものだ。

広場には、鬼人族が子供達のためにと言って作ってくれた遊具が設置されてある。

何をするのかと聞かれたので、俺は「じゃあケイドロをしようか」と言った。

「ケイドロ？　何それ」

「ルールは簡単だ。俺が捕まえる役になるからみんなは捕まらないように逃げるんだよ。捕まった人はこの線の中に入って動けなくなるんだけど、仲間が助けに来たらまた逃げることができるようになる」

説明を終えて数を数え始めると、子供達は楽しそうに散っていった。

それからしばらくケイドロをし、遊び終わったあとは試作品の飴を渡す。

子供達は目をキラキラとさせて飴を舐め、「美味しい～」と口々に言った。喜んでいる顔が見られて良かったな。

俺は満足して村をあとにして、屋敷がある城下町に向かって魔法で飛び立ったのだった。

6　後悔

それから数日後のこと。

飴の量産体制に入るために、俺はゼラさんにファンルード内に工場の建設をお願いした。

ゼラさんに快諾してもらったあと、ファンルードで建設される予定の学校がどれくらい完成しているのか見学しに行く。

建設は順調のようで、すでに何個か完成している建物もあった。

この学校は全寮制にするので、生徒数を多く見積もって建物を建てているとゼラさんが言っていたっけ。

学校の立地は中央都市内ではあるが、都市の中心部から少し離れた場所に〝学園区〟として大きく土地を取ったので、まだまだ多くの建物を建てられるようになっている。

「なかなかいい感じですね」

「そうでしょ、みんな頑張って作っているのよ」

ゼラさんは、建設をしている人達の代表として嬉しそうに言った。

ゼラさんと別れ、元の世界に戻ってくる。そして義父さんに「今日の仕事はなんですか？」と聞いた。

「ラルク、実は昨日やった仕事で最後だ。問題は全て解決した」

「マジですか」

「ああ、マジだ。しかし、学園の休み期間はまだまだあるだろう？　それなら王都に戻ってリン達と冒険者活動を頑張ってきたらどうだ。他のみんなに置いていかれるって心配していただろ？」

確かにそうだな……よし、王都に帰ろう。

王都への帰宅が決まったその日のうちに、屋敷の人達や義母さんに挨拶をすませる。

そして次の日の早朝、義父さん達に見送られながら俺はゼラさんの転移魔法で王都へと帰ってきた。

「……う〜ん。帰ってきたのはいいけど、アスラ達が今何をしているのか分からないな」

こちらに帰ってくるのは春休みが終わる少し前という予定だった。みんなにもそう言っていたので、アスラ達が今どこで何をしているのかサッパリ分からない。

アスラ達を探すのもいいけど、まずはラックさんのところへ行こうかな。こちらでの飴の売り方を考えたいし。

ちなみに、ヴォルトリス領では飴を少しずつ売り始めており、かなり好調な売れ行きだ。

ラックさんのいるドルスリー商会へ行くと、顔馴染の受付嬢さんが俺を見て目を丸くした。

「あれ、ラルクさん？　こちらに帰ってくるのはもう少しあとのご予定ではありませんでしたか？」

「そうだったんですけど、ちょっと色々あって予定より早く帰れるようになったので帰ってきました」

ラックさんは商会長室にいるとのことだったので、お礼を言って商会長室に行く。

「ラルク君、こちらに帰ってくるのはもう少しあとじゃなかったかい？」

ノックして中に入ると、ラックさんに受付嬢さんと同じことを言われた。

同じように説明をして、ソファーに座る。

「まあ、私としては早く帰ってきてくれたのは嬉しい限りだよ。それで、飴についてだけど……」

「はい、とりあえず複数の味を用意してみました」

あれから実験を重ねて、果実系の味と、前世では作ったことも食べたこともなかった塩飴も作ってみたんだよな。

果実系の飴は普通に味を楽しむ用で、塩飴は塩分補給用だ。

ラックさんは俺の説明を聞いて、感心したように頷いた。

そして、塩飴を口の中に放り込んで味を確かめる。

「なるほど、確かにその用途で使う飴も売れそうだね。それに……ふむふむ、塩飴のほうもまずいわけではないから、ふむ、これも好んで舐める者も、ふむふむ、出てくるだろう……」

意外と味を気に入ったようだ。

ラックさんが塩飴を舐め終えたあと、俺達は飴の売り出し方について少し話し合った。

話し合いが終わって、ドルスリー商会の建物をあとにする。そして冒険者ギルドに行き、適当な依頼を受けて王都の外に出た。

受けた依頼は討伐系や採取系などなど。

俺は魔法で空を飛び回りながら手早く依頼をこなし、午後になる前にギルドに帰ってくることができた。

達成報告の際、受付の女性に尋ねられる。

「そういえば、ラルク君はレティシアちゃん達と一緒じゃないの？」

「一緒じゃないですよ。本当はもう少し遅く帰る予定だったのにたまたま俺の用事が早く終わって帰ってきたので、みんなはまだ俺が王都にいるって知らないんです。もしみんなと会ったら、俺はもう帰ってきているから家を訪ねてきてと伝えておいてくれませんか？」

「了解。レティシアちゃん達が来たら伝えるね」

伝言を頼んですっきりした俺は家に帰り、台所で朝食兼昼食を食べることにした。

本日のメニューにはファンルードで採れた新鮮な魚を使った焼き魚。塩を振っていい感じに焼き上げた。

「う～ん、焼き魚は美味しいな～」

一口食べて、思わず笑顔になる。白米も食べ、幸せな気分となった。

食後は食器を片付ける。さて、また暇になってしまった。

そうだ、せっかくこの家に帰ってきたんだから、お祈り用の部屋で久し振りにちゃんとサマディさんにお祈りをしておくか。

そう思い立ってお祈り部屋に向かい、祈りを捧げると……

「……うん？」

俺の体が白い光に包まれた。これ、前にも経験があったな。

一度目を閉じ、次に目を開けると俺は神界にやってきていた。

それにしても、突然周りの景色が変わるのにも大分慣れてきたなぁ。

そんなことを考えながら、俺は目の前にいるサマディさんに「あの、どうしましたか？」と声をかけた。

「うん、ちょっとね……」

「どうしました？」

サマディさんはいつもの笑顔ではなく、どことなく申し訳なさそうな表情をしていた。

それから、サマディさんはいつもの和室へ俺を案内する。

座布団に座ってサマディさんが口を開くのを待っていると、サマディさんはおずおずと話しだした。

「ラルク君、単刀直入に言うね。実は……聖国の元女神が下界に落ちて君のパーティと接触したんだ」

「えッ!?」

サマディさんの口から出た言葉は、俺を驚かすには十分破壊力があるものだった。

聖国の女神……以前、俺の力を利用しようと卑劣な罠を仕掛けてきた悪神だ。

サマディさんは詳しい説明を始めた。

なんでも、神界では元聖国の女神へ再教育をしていたらしいのだが、数時間前に講師を担当していた神を殺害したそうだ。そして下界――俺達が暮らす世界――に落ち、隠れ住んでいた聖国の重役と落ち合い、聖国を潰した俺へ復讐する足がかりとしてレティシアさん達との接触を図ったのだという。

「何度も私達のせいで迷惑をかけてしまって、本当にすまない……」

「さ、サマディさんが謝ることじゃないですよ！　それより、今はレティシアさん達のことを聞きたいです！」

「うん、そうだよね。謝罪は全部終わってからにしよう」

サマディさんはそう言って、今レティシアさん達がどこにいて、どんな状況なのか詳しく教えてくれる。

「ラルク君の仲間は、よくラルク君達が通っている迷宮内に逃げ込んでいる。なんとか彼女達の追跡は振り払えたけど、そのときに傷を負わされて結構危ない状況になっている。私の力を貸してやりたいのだけど、私には彼女達との繋がりがなくて……」

神様は、その人物との繋がりがなければ救うことができない。繋がりとは、たとえば信仰心などのことだ。

「分かりました、迷宮ですね。それじゃ、早く下界に戻してください」

すぐにでもレティシアさん達の元に向かいたい。

そう思ってサマディさんにお願いしたら、背後から「待つんだ」と声をかけられた。

振り向くと、そこには知らない男性が立っている。

「こうして話すのは初めてだな。俺は〝迷宮〟を司る神ラグマンと言う。今回の事件は俺達……神の不手際だ。特別にお前の仲間がいる場所に送り届けてやろう」

迷宮を司る神様がそう言うと、俺の体を光の粒子が包み込み始めた。

「ありがとうございます！」

完全に消える前に、俺はラグマンさんにお礼を言った。

一度目を閉じ、次に開けると視界にパーティのみんなの疲弊しきっている姿が目に入った。

「ラルク君……？」

「どうしてここに……？」

「ッ！　ごめん、みんな。また俺のせいで……」

急いで傷ついたレティシアさん達を『聖属性魔法』で回復する。

みんなの中で一番酷くやられていたのはアスラで、火傷(やけど)や骨折をして意識を失っていた。レティシアさんやリンを庇(かば)いつつ逃げていたんだろう。

俺はどんな傷でも治す特殊能力『神秘の聖光』を使い、アスラを治療する。

傷が完全に癒えたアスラはおもむろに目を開け、俺の顔を見て「ありがとうラルク君」と言って再び眠りについた。

俺はゼラさんを呼び出して、傷は癒えているが精神的にものすごく疲労しているみんなをファンルードに連れていってもらった。

「……俺がちゃんと、後始末をつけていなかったせいだ」

自分で自分を殴り飛ばしたくなるほど、憎悪の気持ちが膨(ふく)らむ。

俺はゆっくりと立ち上がり、聖国の女神を探して歩き始めた。

こちらの世界に戻ってくる直前、迷宮の神ラグマンさんは俺の『生活魔法』の効果を利用して『マッピング』というスキルを作ってくれた。これは、今俺が一番求めている情報を掴(つか)めるスキルであった。

「はは、あいつらの居場所が完全に分かるよ……流石、神様だな～」

『マッピング』のおかげで、迷宮内がどういう構造で、どこに誰がいるのかが把握できる。

神の力をすごいと思いつつ、そんな力を持ちながら愚かな行為をしている存在がいることが本当に腹立たしい。

俺は腹の底に怒りを溜めながら、敵の元へ歩み続けた。


「見つけた」

「「「ッ！」」」

聖国の女神とその取り巻きのところにたどり着いた俺は、この上なくシンプルな行動に出た。身体強化魔法を使い、元女神とそれに付き従う三人の聖国の者達を順番に殴り飛ばしたのだ。

壁に叩きつけられ、ヨロヨロと身を起こす元女神に声をかける。

「お前、下界に落ちたんだよな。サマディさんが以前、下界に落ちた神は実体を持つって言っていた。つまり、お前は命を落とす可能性があるってことを理解しておけよ。言っておくけど今回もサマディさんが助けてくれると思っていたら間違いだからな」

「ちょ、ちょっと待ってよ！　どうして、私がこんな目に」

「どうして？」

元女神のその言葉に、俺は完全にキレてしまった。

そこからは何も覚えていない。次に目が覚めたのは冒険者ギルドの医務室だった。

なんでも、アスラ達が何者かに襲われて迷宮に逃げ込んだことを知ったギルドは救援部隊を送り、結果として俺と元女神達が迷宮内で倒れているところを発見して回収してくれたのだとか。これは、医務室にお見舞いに来てくれた副ギルドマスターのララさんに教えてもらった。

俺は起き上がり、アスラ達に何があったのかを説明するためにララさんと一緒にギルドマスター室に移動した。

中にいたギルドマスターのフィアさんに、ここまでの経緯を説明する。

「……なるほど。ということは、あそこで倒れていた連中の、一番酷くやられていた女性が聖国の女神なの？」

「はい、そうです。わざわざ俺に復讐するために下界に落ちてきたと神様から教えていただきました。それと先ほど神様から、元女神については人間側で処罰して構わないというお告げがありました」

最後に言った言葉は本当だ。ララさんと一緒にマスター室へ行く途中、サマディさんがそう念話で言ったのだ。

俺の言葉に、フィアさんは怒ったような困ったような表情で首を傾げる。

「……神の処罰って、私達がやっていいことなのかしら？」

「大丈夫ですよ。下界に落ちたので、元女神は神としての資格をなくしているそうです。つまりあいつは、少し神々しいだけの一般人ですよ」

「そ、そういうものかしら？　でも、とりあえずすぐの処罰は待って。アスラ君達に酷いことをした一党の中には聖国の重役も一緒にいたから、政治的なことも考慮されて今は厳重な城の牢に閉じ込めてあるの。ラルク君が起きたら城に来させてほしいってアルスが言っていたわ」

「分かりました。フィアさん、城までお願いできますか？」

俺はフィアさんに、転移魔法で城に送ってもらった。

城に入り、アルスさんの居場所を探す。途中すれ違ったメイドさんにアルスさんはどこにいるか聞くと、いつもの仕事部屋にいますと教えてくれた。

仕事部屋に到着し、扉をノックする。中から返事があったので、扉を開けた。

「ラルク君、また大変な目にあったんだね」

部屋に入るなり、アルスさんはいたわるような表情でそんな言葉をかけてきた。

「そうですね」

俺はため息を吐きながらそう答える。

アルスさんは俺にソファーに座るよう促したあと、詳しい説明を求めてきた。

俺はフィアさんにした話をもう一度アルスさんにした。

「なるほどね。あの女性の処罰は僕達でやっていいのか」

「はい。それで、どういった罰にするんですか？」

「う〜ん、そうだね。とりあえず、無断で国内に入ってきている時点で処罰の対象だし。それに加えて、国民と同盟国の王子への危害でしょ……」

アルスさんは少し考え、そして今まで聞いたことがないほど冷たい声で「処刑しかないかな」と口にした。

俺としてはまったく異論はない。

アルスさんの言葉に頷いて同意を示すと、アルスさんは大臣を呼んで話し合いを始めた。

これ以上は邪魔になるだろうと考えて、俺は仕事部屋を退室して城を出た。

そして、すぐにファンルードへの門を開いて中に入る。アスラ、リン、レティシアさんの様子を見に行くためだ。

「「「……」」」

ゼラさんに案内された部屋に行くと、レティシアさん達は穏やかな顔で眠りについていた。

俺は三人の寝顔を確認して部屋からサッと退出して、ファンルードの幹部を呼び出し緊急会議を行った。

「実は俺の仲間が、以前俺が見逃した敵の襲撃に遭いました」

そう切り出すと、幹部達は一斉にざわっとした。

レティシアさん達はこの世界に何度も遊びに来ているため、この場の全員と親交がある。会議の場は一気に重たい雰囲気となった。

「もう少しで手遅れになるところでしたけど、神様からの手助けもあってなんとか助けることはできました。ただ、今後同じようなことが起きる可能性はあります。そこで、俺は以前言った言葉を取り消したいと思います」

「その言葉とはなんでしょうか？」

幹部を代表して、水竜族のノアさんが尋ねた。

「以前、俺は皆さんを自分の力として扱わないと言いました。それを取り消したいんです」

「それはつまり……シャファル様と同じように、私達と従魔契約を結ぶということですか？」

俺はノアさんの言葉に頷き、言葉を続ける。

「皆さんを縛りたくないと思っていたというのが一番の理由でしたが、本当のことを言うと個人でこんなに強大な力を持つのが怖かったんです」

「人は力を欲する。そして力を得て、馬鹿な真似をするのもまた人間じゃからの」

俺の言葉を聞いたシャファルが静かに言った。シャファルの言う通り、もし俺が力を持ちすぎたとき、自分が愚かな過ちを犯してしまわないかが怖かったのだ。

俺はシャファルに向けて言う。

「その通りだよ。だけど、俺のせいで仲間へ危害が及んでしまった。俺にもっと力があって、それをあの元女神に見せつけていたら、こんなことにはならなかったと思う……」

そう呟いたあと、俺はみんなに対して頭を下げた。

「こんな我儘（わがまま）な奴の頼みを聞いてくれるのであれば、俺に力を貸してください」

その場に沈黙が流れる。

それを破ったのは、ノアさんだった。

「ラルクさん、頭を上げてください。私達は元よりラルクさんに力を貸すために集まった者達であることをお忘れですか？　私達の命はいつでもラルクさんに渡してもよいと思っていますよ。そうでしょう、皆さん？」

その言葉に、幹部達は全員が力強く頷いた。それを見て、俺の覚悟も決まった。

俺は幹部達全員と従魔契約を結んでいく。

この日、俺は強大な力を得た。だが、それ以上にファンルードの人々との強い絆（きずな）を得たのだった。

7　考えを改める

ファンルードで暮らす人達と従魔契約をした次の日、俺はアルスさんから呼び出しを受けて城へと向かっていた。

城へ行く途中、俺はノアさんと念話で話す。

（ラルクさん、ここの王家はラルクさんの味方と見ていいんですよね？）

（そうですよ。この国とルブラン国、そしてレムリード王国は俺が信頼している方が治めている国になります）

（そうですか、分かりました。それでしたら、我ら四竜（しりゅう）がその三ヶ国以外の国に出向き、ラルクさんには竜の加護が付いていると知らしめてみてはどうでしょうか？　ラルクさんの力を恐れて戦争を仕掛ける者がいなくなるのでは？）

確かにノアさんの言うことも一理ある。

だが、そこで俺は他の可能性に思い当たりノアさんに告げた。

（ノアさん、それだと他の国が結束してレコンメティスや他の国と敵対的な関係になってしまうか

もしれません)

(……そうかもしれません。すみません、いい案かと思いましたが……)

(いえ、ノアさんが俺のことを考えてくれているのが素直に嬉しかったです。今日も時間があれば話し合いをやるつもりなので、幹部の皆さんに声をかけておいてください)

(わかりました)

ノアさんとの会話を終え、城に到着したので中に入る。

「あれ、ラルク君。少し雰囲気変わった？」

アルスさんのところに行くと、一発目にそう言われた。この人、本当に鋭いな。

大量の竜や幻獣やレア種族と従魔契約したとは言えないし、心苦しいけどごまかすか。

「えっと、昨日の出来事で少し自分が甘かったと自覚したので、鍛え直したからですかね？」

「そうなんだ。一日でずいぶんと変わったね。まあ、僕としては、今の堂々としているラルク君のほうがいいと思うよ」

アルスさんはそう言ったあと、本題に入った。

議題は聖国についてだ。今回の事件で、聖国にはまだ元女神を信仰している派閥がいると判明した。もしかしたら、まだどこかに隠れているかもしれない。

「……アルスさん。その信仰者達を見つける仕事、俺にやらせてくれませんか？」

「いいの？　聖国に行ってもらうことになるし、危険が伴うと思うけど」

「はい。やられっぱなしは性に合わないんです」

「……まあ、今のラルク君なら大丈夫か」

アルスさんが許可を出してくれたので、俺はまずアルスさんの転移魔法で冒険者ギルドに送ってもらった。フィアさん達に事情を説明し、聖国に行くことを伝えるためだ。

フィアさん達に「頑張ってね」と応援を受け、俺はギルドをあとにして帰宅した。

帰宅してきてすぐ、ファンルードに入る。そしてそこで会議をし、明日からのことを伝えた。

聖国への道のお供をしてくれる人はいないかと聞くと、全員が参加してくれると言ってくれた。

◇

翌日、王都の外に出た俺は全ての従魔達を呼び出した。

俺はシャファルに乗り、幹部達は四竜に乗る。その他の者達は四竜の配下の竜達に乗った。

そして一斉に、聖国に向かって飛び立った。

空を飛ぶ途中、シャファルが話しかけてきた。

「今回は何をするんじゃ？」

「今回の目的は、元女神を信仰している過激派の残党を探し出すことだね。だから、暴れたりはしなくてもいい」

「そうか。では、何故これほどの従魔を呼んだのじゃ？」

「改めて、俺がどれだけの力を持っているのかを聖国に見せるためだよ」

「なるほどのう」

数十分ほどで、聖国にたどり着いた。

俺達はまず、レコンメティスをはじめとする周辺国から派遣されている、聖国のトップの代役を務めている人のところへと向かった。そして俺が来た理由を説明すると、ぜひ協力させてくださいと言われた。理解を得られて良かった。

さて、残党はどうやって探すのがいいだろうか。

しばらく考えて、結局しらみつぶしに捜索するのが良さそうだと結論を出した。

こういうときにありがたい存在がいるんだよな。

俺はゼラさんを呼び出して、頼み事をする。

「ゼラさん、下級悪魔を呼び出して聖国の辺境のほうを調べてもらってもいいですか？」

「了解、ラルク君」

ゼラさんは気さくに返事をして悪魔を呼び出した。

次に、鬼人族、幻獣族、銀狼族の三種族に指示を出す。

「皆さんは王都の周辺を探してください」

彼らは頷いて、ただちに散開した。

「残ったのは、竜族だけか」

「うん。シャファルと四竜の皆さんと四竜の配下さんは、この王都を隅々まで調べつくしてください。王都は少し危険かもしれないので他の方には頼みませんでしたが、皆さんなら大丈夫だと思います」

「うむ、分かった」

「ご期待に添えるよう頑張ってきます」

竜族は、シャファルを先頭に飛び立っていった。

みんなを見送ったあと、俺は現在使われていない女神の神殿の跡地へと向かった。

神殿に着き、以前サマディさんから教えてもらっていたこの神殿の隠し部屋を探る。

神殿には金でできた高級感の漂う女神の像があった。ここに仕掛けがあるのだ。

「えっと、確か……」

像の足の親指の爪にある隠しボタンを押すと、「ドゴンッ！」という音と共に、像の後ろに隠し階段が現れた。

隠し階段を降りていき、地下の隠し部屋の前に立つ。鍵がかかっていたので『風属性魔法』でスパンッと切って中に入った。

「あれか……」

部屋の中央には大きな魔法陣が描かれていた。これは元女神がもしものときのために取っておいた、自分の力を封じ込めている魔法陣だ、とサマディさんに教えてもらった。

「どうせ、下界で俺への復讐が終わったらこれを使って神に戻ろうって考えてたんだろうな」

俺は『火属性魔法』を使って魔法陣を焼き払った。

魔法陣のあった場所から一気に魔力が放出される。その数分後、魔力の放出が終わって完全に女神の力は消えた。

一応確認のためにサマディさんと念話を試みると、(バッチリだよ)という返事があった。

全てを終え、俺は隠し部屋を出た。

それから従魔達の作業が終了するのを聖国の城で待つ。

やがて、それぞれの地方に散らばっていた従魔達から連絡が飛んできた。潜伏していた過激派を捕らえたらしい。

彼らを城に送ってほしいと連絡を返すと、少し経って数百人の人間が城に連行されてきた。まさかこんなにいるとは思わなかった。

彼らは全員城の牢に閉じ込められた。

収監が済んだあと、仕事を終えて帰ってきたシャファルが話しかけてくる。

「しかしまあ、こんなにもいたとはのう」

「それだけ闇が深かったってことだろうね」

と、そのとき、過激派の尋問作業をしていた人の一人が俺に呼びかけてきた。

「すみません、ラルクさん。来てもらってもいいですか」

なんだろうと思いつつその人に付いていくと、なんと、そこには俺の元義理の母親がいた。

俺の実母は幼い頃に他界していて、今の義理の母親はシャルルさん。だから俺を元実家から追い出したこの女は元義理の母親ということになる。なんだかややこしいな。

この人は本来、レコンメティスで元父親達と一緒に処刑されるはずだった。だが、一足先に聖国へ逃げ帰っていたのだ。

「運のない人ですね」

俺が哀れみを込めて言うと、目の前の女が逆上したように怒鳴る。

「なんですってッ！　母親に向かってなんてこと言うの！」

「――ッ！」

「ひッ⁉」

目の前の女が〝母親〟という単語を口にした瞬間、俺は一瞬我を失ってしまった。

そのときに膨大(ぼうだい)な魔力が俺の体から放出され、部屋にいた人達は魔力の圧に耐えきれずに頭を押さえてうずくまる。

「ら、ラルク君……」

苦しげに呼びかけるその声を聞いて俺は理性を取り戻し、魔力の放出を止める。

その後、俺は目の前にいるその女を見下ろした。

「俺はあなたのことを家族、ましてや母親だと思っていません。ですので、今後一切俺にそんな口を利(き)かないでください。いいですか？」

「な、何を――」

反論しようとしたその女を睨みつけて黙らせる。

その後の尋問でその女は数々の不正や犯罪をしていたことが判明し、審議の結果、やはり処刑することとなった。

それからも尋問は続く。

数々の処罰が決められたのを見届けた俺は、レコンメティスに帰還したのだった。

「ふぅ……疲れたな……」

自室のベッドに倒れ込むと、人間の姿に変身したシャファルが呆れたように言ってくる。

「そうじゃな。というか、一日で終わらせるなんて無茶をするからじゃぞ？　普通は何日もかけてやるようなことではないのか？」

「まあ、そうだけどさ……このままズルズル長引けばそれだけ危険が続くと思って嫌だったんだ」

「……一理あるな」

その後、疲れを癒すためにファンルードに行ってシャファルと一緒に温泉に入る。

「しかし、アレだけ信仰を集めていた神が、ラルクの力欲しさに自滅するとはのう。それだけ、ラルクの力は貴重ってことなのじゃな」

「そうなのかな……そうなのかも」

なんにせよ、過激派は一掃できたはずだ。これで全部終わればいいんだけどな。

そのあとはシャファルと久し振りに長く話をしながらゆっくりと湯舟に浸かった。

温泉から上がったあとはファンルードの自宅に行き、サマディさんへのお祈りをしてからベッドに入って眠ったのだった。

◇

翌日、俺は王都にある自分の店に出向き本日の営業を休むように指示を出した。そして従業員のナラバさん達をファンルードのとある建物に連れていき、そこで少し待っててもらうように言った。

そして同じくルブラン国にある支店にも休むように指示を出して、こちらの従業員もファンルードの同じ建物の中に連れてきた。

レコンメティスとルブランの従業員は、当然ながら初対面である。せっかくなので、一度自己紹介をしてもらうことにした。

まず、レコンメティス側で働いているナラバさん、ソーナさん、リリアナさん、ミラさん、テラさんが自己紹介をした。次にルブラン国側で働いているニコラさん、ボルさん、ドレさん、ミリーネさん、リクさんが名乗った。

全員の自己紹介が終わったのを見届けた俺は、改めて今回集まってもらった理由を話した。

「レコンメティスにいる人達はすでに知ってると思いますけど、聖国の過激派に俺の友達が襲われました」

俺がそう言うと、レコンメティスで働く従業員は沈んだ表情をし、ルブランで働く面々は驚いていた。

「もうすでにその件の対処はしましたが、今回のことで俺に色々な落ち度があることがわかりました……」

俺はそこで一拍置き、続けて言葉を発した。

「今後も、もしかしたら俺に復讐を、と考える者が出てこないとは限りません。俺と関わり続けることで、自分の身に危険が及ぶ可能性があるんです。だから、俺ともう関わりたくないと思う人はこの場で挙手をしてください」

そう言いきって、挙手を待つ。

だが、誰も手を上げなかった。

やがて、ナラバさんが「ラルク君。一ついいかな？」と口を開いた。

「ラルク君は僕達に危険が及ぶのを避けるため、そんなことを言っているという理解でいいかな？」

「はい。それで合ってます」

俺が頷くと、ナラバさんは部屋を見渡した。

「誰か辞めたい人はいるかい？」

その質問に、全員が首を横に振った。

「ラルク君、これが僕達の答えだ。だから、これからもラルク君のところで働かせてもらうよ」

「皆さん……ありがとうございます。これからも一緒に新しい料理を国中に広めていきましょう」

俺は胸がつまって声が震えるのをグッとこらえ、そう言った。

気が滅入る話題は終わらせて、せっかく皆さんに集まってもらったのでゆっくりとファンルードを堪能してもらうことに。

ナラバさん達がファンルードの温泉街でゆっくりと過ごしている間、俺はラックさんのところに出向いて同様の話をした。だが、ラックさんもナラバさん達と同じことを言ってくれた。

ラックさんに感謝しつつ、今後の話をする。

議題に上ったのは調味料のことだ。ラックさんは俺が前世の記憶を頼りに作った数々の調味料を絶賛した。

「ラルク君の考えた調味料は、料理の幅を広げる最高の品々だね」

「ありがとうございます。これからも精進(しょうじん)していきますので、よろしくお願いします」

「うん、私こそ感謝しているよ。ラルク君と知り合ったおかげで、ドルスリー商会はさらに大きくなることができた。これからもラルク君とはいい関係でい続けたいものだ」

ラックさんと握手を交わし、俺は建物を出た。

次に向かうのは、ルブラン国のベルベット商会だ。

久し振りに来た俺を、エレナさんは笑顔で迎えてくれた。

「ラルク君、どうしたの？」

「はい、ちょっと色々とありまして改めて挨拶しに来たんです」

そう前置きをして、俺は聖国とのいざこざについてと、今後のことを話した。

「なるほどね。まあ、私のところはラックさんのところと比べると小さい商会だから危険かもしれないけど、それ以上にラルク君に付いていたほうが得があると思うし、私は今後もラルク君と一緒に仕事をしていくつもりよ」

「ありがとうございます」

エレナさんとも握手を交わし、彼女とも俺が作った調味料の話をした。ただしこれは商談で、「ベルベット商会でも調味料を扱わないか」という内容だ。

実はこの話、ラックさんからの提案なんだよね。ラックさんは「ドルスリー商会だけではなく、エレナのところからも売るようにすれば、もっと調味料を世に広められると思う」と言った。

エレナさんはすぐに「その話、私も乗るわ」と言ってくれた。

詳しい話は後日、ラックさんも交えてしましょうと約束してエレナさんと別れた。

そしてファンルードの温泉街を満喫した従業員の方達を家まで送ったのだった。

8　楽園の変化

あれから数日が経ち、レティシアさん達は順調に回復していった。だが、精神的な疲れはなかなか取れず、しばらくパーティでの冒険者活動は休むことにした。

レティシアさん達はまだファンルードに滞在している。それぞれの両親には事情を説明済みだ。

レティシアさん達が休んでいる間、俺は一人で冒険者ランクを上げるため、一日に数十件の依頼をこなしていた。

「ラルク、お前大丈夫か？」

そんな生活を続けて一週間が経った頃、先輩冒険者のドルトスさんが心配そうに声をかけてきた。

「大丈夫ですよ。何度も倒れたことで体力は大分成長しましたから」

俺はそう返事して、また大量の依頼を受けて町の外に出た。

「ラルク君、おめでとう。Bランクに昇格よ」

一人で活動を始めて二週間目、町外れの森に大量発生したオークの討伐を達成し、報告に戻ると受付をやっていたララさんからそう言われた。

「ありがとうございます」

お礼もそこそこに新しい依頼を受けに行こうとしたら、ララさんに腕を掴まれた。

「はい、ラルク君は私とマスターのところに行くのよ」

そのままマスター室まで引きずられてしまう。

「ラルク君。あなた、最近無茶をしすぎよ」

マスター室に入ると、フィアさんが開口一番にそう言った。

「無茶なんて別にしてませんよ。依頼は従魔達にも手伝ってもらっているので、疲労もそんなにないですし……」

「そうだとしても二週間、ギルドが開いたと同時に来てギルドが閉まるギリギリまで依頼を受け続けるのはおかしいわよ。上級の冒険者でもそんなことはしないわ」

フィアさんは続けてこう言ってきた。

「あなたに私から依頼を出すわ、この資料をグルドに届けて。そのあとはまた活動も続けてもいいわよ」

フィアさんが小さな箱を渡してきた。俺はそれを受け取り、部屋を退出する。

ギルドを出たあと、俺は人目のつかないところでゼラさんを呼び出してヴォルトリス領の屋敷にある俺の部屋に転移魔法で移動させてもらった。

廊下に出て最初に見かけたメイドさんに、義父さんはどこにいるか聞く。すると、書斎にいるということだったので書斎に向かった。

「義父さん、入ってもいいですか？」

「んっ？　ラルクか、いいぞ」

義父さんは驚いた様子もなく俺のノックに返事をした。扉を開け、中に入る。

「ラルク、聖国絡みで大変だったみたいだな」

「あっ、義父さんのところにも知らせが行っていたんですか？」

「まあな。レティシアちゃん達は無事なのか？」

「はい。体力は戻っているんですけど、精神的にまだ疲れているからファンルードで休んでもらっています。今は、一人で冒険者活動をやってますよ」

雑談のあと、義父さんにフィアさんから預かった箱を渡す。

義父さんは箱を開けて、中に入っていた手紙を読んだ。

そして手紙を読み終えた義父さんは俺のほうを見つめてきた。

「ラルク、お前はしばらくここで暮らすように」

「……フィアさんの手紙にはなんて書いてあったんですか？」

「お前のここ最近の生活ぶりだ。毎日ほぼ休まず依頼をこなしているようだな。あまり無茶をするな」

俺は「無茶なんかしていない」と言おうとして、やめた。実際、義父さんの言うことのほうが正しいのだ。

「分かりました。しばらくは俺も休むことにします」

俺がそう言うと、義父さんは椅子から立ち上がり俺の頭を撫でた。

「色々と辛かったよな。一番必要なときに近くにいてやれなくて、ごめんな」

義父さんの手の温もりによってこれまで張っていた気が緩んだのか、俺は義父さんの腕の中で気絶するように眠った。

◇

数日後、すっかり回復したレティシアさん達と今後の方針を話し合った。

その結果、残りの春休みは全員で一から鍛え直そうということになった。

魔法と近接戦闘のそれぞれには、師匠を付けて稽古することに。

まず、魔法の師はゼラさんに頼んだ。近接戦闘のほうは、サマディさんから紹介してもらった戦神ヴィストル様という方に指南役をお願いした。

方針を決めたあと、レティシアさんが尋ねてくる。

「ラルク君、私達が休んでる間にすごく頑張っていたって聞いたけど、ステータスってどんな感じになったの？」

「あ～、そういえばステータスは全然見ていませんでしたね」

さっそく『鑑定眼』でステータスを確認した。

【名前】ラルク・ヴォルトリス
【年齢】14
【種族】ヒューマン
【性別】男
【状態】健康
【レベル】112（+35）
【SP】1110（+350）
【力】10467（+3017）
【魔力】12497（+3701）
【敏捷】11104（+3082）
【器用】8358（+2523）
【運】51
【スキル】『調理：5』『便利ボックス：3』『生活魔法：3』『鑑定眼：4』『裁縫：3』
『集中：5』『信仰心：5』『魔力制御：5』『無詠唱：5』『合成魔法：4』
『気配察知：4』『身体能力強化：4』『体術：4』『剣術：5』『短剣術：3』

『毒耐性：1』『精神耐性：4』『飢餓耐性：1』『火属性魔法：5』
『風属性魔法：4』『水属性魔法：3』『土属性魔法：4』『光属性魔法：4』
『闇属性魔法：3』『雷属性魔法：5』『氷属性魔法：3』『聖属性魔法：4』
『無属性魔法：2』『錬金：3』マッピング：5』

【特殊能力】『記憶能力向上』『世界言語』『経験値補正：10倍』『神のベール』
『神技：神秘の聖光』『悪・神従魔魔法』『召喚』『神技：神の楽園』

【加　護】『サマディエラの加護』『マジルトの加護』『ゴルドラの加護』
『ヴィストルの加護』『デーラの加護』

【称　号】『転生者』『神を宿し者』『加護を受けし者』『信仰者』『限界値に到達した者』
『神者』『教師』『最高の料理人』『炎魔法の使い手』『雷魔法の使い手』『剣士』

「あっ、レベル１００超えてた」

「「えっ⁉」」

ちょっと驚いてしまったので思わず声に出すと、それを聞いていたレティシアさん達も驚いた顔をして俺のほうを向いた。

「な、なんでラルク君。そんな上がってるの⁉」

「う～ん……みんなが休んでるときに一人で頑張りすぎたからかな？　毎日朝から晩までいろんな種類の依頼をやっていたから、知らないうちに上がっていったんだと思う」

「ラルク君が本気を出したら、どこまでレベル上がるんだろ……」

リンが言うとレティシアさんとアスラも頷いた。

「それ、私も思う」

「ラルク君、学園とか商人の仕事してるからレベル上げに専念できてないけど、冒険者一本でやったらすごいことになりそう」

俺は苦笑しつつ、三人に言う。

「まあ、でも１００を超えたら上がるスピードも落ち着くと思いますよ。とはいえこれからもレベル上げ続けますから、みんなも付いてきてくださいね」

「ほ、ほどほどにお願いします」

レティシアさんの言葉にみんなで笑い合い、俺達は鍛錬を始めたのだった。

◇

春休み最後の日、レティシアさんとアスラをそれぞれの家に送り届けた俺は義父さん達と久し振りの夕食を楽しんだ。鍛錬中はずっとファンルードにいたからね。

夕食後、義父さんと久し振りに一緒に風呂に入る。

「んっ？　ラルク。見ないうちに成長したな」

「そうですか？　自分では分からないですけど、ここ最近は神様に特別に鍛えてもらっていたんですよ」

「神様に鍛えてもらったのか!?　ラルク。なんで俺を呼んでくれなかったんだ！」

「えっと、義父さんには大事な仕事がまだまだあるから、大変そうだなって思って……」

義父さんから視線を逸らして答えたら、ぐいっと顔を掴まれて目を合わせられた。

「……それで、本音は？」

「内緒で強くなって義父さんに追いつこうと、あっ」

義父さんから湯をバッと顔に当てられた。

「今度は俺も誘えよな」

「分かりました……あっ、それと俺、レベル１００を超えましたよ」

「は？」

義父さんは俺の言葉を聞くとあんぐりと口を開けて俺の顔をジッと見つめた。

それからステータスを見せてみろと言われたので、『便利ボックス』からステータスの能力値を書き写した紙を取り出して見せた。

「おいおいおい！　俺のほうがレベルは上なのになんで能力値が俺より高いんだよ！」

「う～ん……俺、神様からの加護をたくさん持っていますからね。その影響だと思います」

「……そういえばラルク、今いくつ神様からの加護を持っているんだ？」

義父さんからの質問に俺は指を四本立てて答えた。

「四だとぉ!?　ラルク、ズルいな！」

その後も義父さんから色々と聞かれていると、浴場の外からシャルルさんの声が聞こえた。

「早く上がってよ、私とリンちゃんはまだなんだから！」

その言葉をきっかけに、会話は終わった。

◇

次の日、レコンメティスの家に帰ってきた俺は、朝早くから制服に着替えてリンに見送られながら学園に登校した。

「おはよう。ラルク君久し振りだね」

「おはようレック」

教室に入ると、すでにクラスメートのレックがいた。

レックから春休みの間のことを聞かれたので色々話していると、みんなも登校してきた。

無事に全員が揃ったところで担任のカール先生が教室に来た。

今日から俺達は晴れて学園三年生だ。クラスは同じ顔触れのままで、担任はカール先生、副担任もモーリスさん。三年間同じ組み合わせだな。

始業式が終わり、新しい教室でのホームルームが終わったあと、俺の家にみんなで集まって新学期最初のテストに向けて勉強会をした。

実は、今回の勉強会に向けて春休みの間に今までよりさらによくできた教材を作っておいた。それをみんなに配って勉強していく。

そしてあっという間に一週間後、テストが返却されるとみんなの点数は今までよりさらに上がっていた。カール先生からは「ラルク君、本当に教師になってくれないかな」と言われた。

「さてと、みんな飲み物は回った?」

テスト返却が終わった週の休日、俺達クラスメートは毎回テスト後にやっているお疲れ様会を始めようとしていた。俺の言葉にみんな頷いたので、俺は言葉を続けた。

「え～、今回のテストもみんなお疲れ様。最上級生として今後も勉学に励んでいこう」

みんなはグラスをかかげて「カンパーイ」と号令し、お疲れ様会を始めた。

ちなみに、お疲れ様会はファンルードの温泉宿で行っている。楽しく食事をしたり俺が開発したボードゲームで遊んだりと、みんな楽しそうにやっていた。

「すみません、ラルク様。よろしいでしょうか？」

「んっ、どうしました？」

お疲れ様会が始まって一時間ほど経った頃、俺の従魔の一人であり次期族長でもある鬼人族のドンガさんがやってきて小声で俺に声をかけてきた。

みんなに「少し席を外す」と言い、部屋を出る。

「すみません、大事なご学友の皆様との席の最中に」

「いいですよ。急用ですか？」

「はい、実は――」

ドンガさんによると、ここ最近、ファンルードに謎の変化が起きているらしい。

まず、世界の大きさが以前の二倍ほどに拡張されているらしい。聞けば、新たな大陸もできているのだとか。さらに、迷宮も何個か見つけたそうだ。そして鉱山からは、これまで採れなかった希少な鉱石も続々と採れるようになったという。

「鉄なんか、これまでの数倍近くの量が採れるようになっているのです。これはどういうことなのでしょうか」

「うーん、謎ですね……分かりました。みんなとのお疲れ様会が終わったあと、俺のほうでも調べてみます」

「はい、お願いします」

ドンガさんはお辞儀をして去っていったので、俺はみんなが待っている部屋に戻った。

数時間後、お疲れ様会が終わったのでサマディさんに事情を聞きに行くことにした。

お祈りを通し、神界へ赴く。サマディさんは俺の来訪を予想していたらしく、「ファンルードのことかな？」と言ってきた。

「単刀直入に聞きますね。サマディさん、ファンルードに何をしたんですか？」

いつもの和室に通されたあと、俺が聞くと、サマディさんは異変について説明してくれた。

先日、聖国の魔法陣に保存されていた元女神の力を完全消滅させたことによって、女神が持っていた力が神界に戻ってきたらしい。それをどうするかの会議が神様の間で行われ、その結果、一番の被害者である俺に還元しようと決まったのだとか。

「ということで、ラルク君の持つ『神の楽園』の力を強化したのさ」

「なるほど、それでファンルードにあんな変化があったんですね」

「事前に伝えておけば良かったね。すまなかった」

「いえ、大丈夫ですよ。ファンルードのみんなには、神様から力をもらって成長したって伝えてお

きますね」

俺はそう言って神界からファンルードに戻ってきて、幹部勢を招集してサマディさんからあった説明をそのまま知らせたのだった。

◇

それから数日後。ファンルードの変化も大分落ち着いてきた。

結局、ファンルードの大きさは以前の五倍ほどに拡張された。いくつもの新しい大陸や見たことがない植物が生えている地域などが発見されており、今は発展よりも調査で大忙しだ。

そして現在、俺はアスラとリンとレティシアさんと共にファンルード内で新たに発見された迷宮に潜っている。

「ラルク君。そっちに一匹行っちゃった！」

「了解！」

みっちりと訓練したおかげで俺達の動きは以前より格段に良くなっており、探索は順調に進んでいた。

「あっ、リン。その壁の下に鉱物が出ているから採取よろしく」

「わっ、本当だ！　ラルク君のその能力、本当に便利だね」

探索が効率的になったのはみんなの成長以外にも、俺が新たに取得した『マッピング』の影響が大きい。この能力、迷宮のことなら本当になんでも分かるようになるんだよな。敵の位置や階段の場所、落ちているアイテムまで分かってしまう。

便利すぎて探索の醍醐味が大分減っている気はするが……

まあ、それでも迷宮探索は楽しい。この日も朝から晩まで潜り続けたくらいだ。

こういったわけで、一日で稼ぐお金が段々と増えてきた。せっかく貯まったのだから使ってみたい。何かいい買い物はないかなと考え、俺は「共同の拠点を作らないか」と提案してみた。

ファンルードにも家はあるが、やっぱり仲間だけの拠点っていうのは憧れるよな。

「でも集まるだけならラルク君の家とかラルク君のお店とかでもいいんじゃないの？」

だが、アスラがよく分からないといった感じでそう聞いてきた。

「まあ、そうなんだけど……ほら、自分達の集合場所とかってなんだか良くない？」

「あんまり分からないなぁ」

「こう、自分達が採ってきた珍しいアイテムを飾ったりするんだよ、今の王都の家は結局、義父さんのものだからあんまり自由にレイアウトできないし」

「う～ん、別に反対ってわけじゃないけどね。レティシアさん達はどう思ってる？」

お菓子を食べながら俺達の会話を聞いていたレティシアさんは、お菓子を呑み込んで自分の意見を述べる。

「私もいいと思うよ。私もそろそろ実家から出たいな~って思っていたところだし、引っ越しちゃおうかな。リンちゃんはどう思う？」

「私も賛成。それに、いつまでもグルドさん達のお世話になるのもどうかと思っていたんだよね。丁度いいから、拠点ができたらそっちで暮らすのもいいかな」

「えっ」

まさかリンがそんなことを考えていたなんて。

リンと一緒に暮らせなくなるのはかなり寂しい。

だが、リンとレティシアさんは「そしたら拠点で一緒に暮らせるね」と楽しそうに会話を始めてしまった。

今更、やっぱりやめようとは言えない状況だ。

「ラルク君って本当にたまに抜けているよね」

アスラは俺の気持ちを知ってか知らずか、そう言ったのだった。

9　悪魔達

パーティの拠点を持とうという話から数日後。

俺はラックさんに頼み、良さげな物件を探してもらった。

候補の家をみんなで見て回り、ある家に決めようということで全員の意見が一致した。

その家はギルドに近い場所の住宅街の中に立地していて、部屋数もかなりある優良物件だ。

ラックさんに「なんでこんないい家が空き家なんですか？」と尋ねたところ、なんでも大きすぎて売れ残っていた物件なのだとか。前の持ち主は俺達のように共同で住もうとしていた大所帯のパーティだったが、色々あって最近になってパーティが解散し、ラックさんに売ったのだという。

俺は三人に尋ねる。

「とりあえず、この家に住むのはレティシアさんとリンだけでいいかな？　アスラはどうする？」

「う～ん、まだ父さん達の許可が下りてないからしばらくは住まないよ」

「了解。ということは寝具が必要なのはリンとレティシアさんだけか。二人とも、新しい寝具を買いに行く？　それとも家で使ってるのを持ってくる？」

二人に尋ねると、新しい寝具が欲しいという返事があった。

寝具以外の家具も必要だったため、一緒に商業区に行って色々と物色する。俺も俺で色々と必要なものがあったので買い揃えていった。

買い物を終え、買ったものは『便利ボックス』に入れて拠点に帰宅した。

拠点に帰ってきたら、さっそく買ってきたものを取り出して模様替えしていく。自分達の部屋もこのときに決めた。大きな荷物だけ俺がパパッとそれぞれの部屋に運び、あとは各自でレイアウトを整える感じだ。

俺は手早く家具を配置し、台所に移動した。みんなの模様替えが終わったあとに食べる昼食を作るためだ。

料理もすぐに作り終えたので、リビングで本を読みながらみんなの集合を待つ。

やがてそれぞれの模様替えが終わったので、リビングで昼食をとった。

昼食を食べてやることは終わったので、今日は解散となる。

「それじゃ、レティシアさん、リン。また明日」

「あっ、そうか。今日からラルク君と別々になるんだね。うん、また明日ねラルク君」

リンに別れの挨拶をすると、思い出したかのように見送りをされた。やっぱり少し複雑だな。

俺は帰る前にラックさんのところに寄り、引っ越し先を探してくれたお礼を言って、お菓子を渡した。ラックさんは「気に入ってもらえて良かったよ」と笑顔でお菓子を受け取ってくれた。

◇

翌朝。いつものように俺とリンの二人分の朝食を作り終えて、リンがもういないことを思い出してしまった。

仕方ない、弁当用にするか……

弁当箱にリンの分として作った朝食を入れて、一人寂しく朝食を食べる。

「この家で一人って寂しいな……」

ただでさえ義父さんの家は大きいので、余計にそう感じる。

あまりに寂しかったので、ルーカスを呼び出して話し相手になってもらった。

その後、制服に着替えて学園に登校する。レックが先に教室にいたので、授業開始まで他愛もない話をして時間を潰した。

「そういえばラルク君、聞いたよ。パーティで拠点となる家を買ったんでしょ」

「まあね。そろそろ必要かなって思ってさ」

「父さんから聞いたんだけど、あの大きな屋敷を買ったんだよね？」

「うん。広くて困ることはないし」

そう言うと、レックはヒソヒソ声になった。

「実はあの家、まったく買い手が見つからないって父さんが嘆いてたんだ。ありがとうね」

「どういたしまして。それにしても、買い手が見つかりにくい物件を扱うなんて、ラックさんにしては珍しい失敗だね」

「うん、そうなんだよね。まあ、元の所有者が父さんの古い友人だったらしくて仕方なく買ったって言っていたよ」

そんな会話をしていたらリアが登校してきたので、この話はやめてリアも加えて三人で雑談した。

そして朝礼と授業が始まり、お昼休みとなる。

いつものように昼食をとっていると、カール先生がやってきた。

「学園長が呼んでいるから来てくれないかな？」

まだ食べている途中だったが、断るわけにもいかないので学園長室に向かう。

なんとなく用件は予想できるな、と思いながら部屋の中に入った。

「お昼休みに呼び出してごめんね。それで、今回もあるかしら？」

「はい、ありますよ。ちゃんと見直しをして、改めて綺麗にまとめた資料になります」

俺はそう言って前回のテストで作成した教材を『便利ボックス』から取り出して学園長に渡した。

「ありがとうラルク君、いつも助かるわ、これを教材として導入してから、生徒達の学力も大分上がったのよ」

「学園に貢献できているのでしたら、嬉しい限りですよ」

「ええ、本当に感謝しているわ……ところでラルク君、あなた達の代の卒業式で代表の言葉を引き受けてくれないかしら？」

「えっ？　また俺ですか？」

入学式のときも挨拶したんだよな。

学園長は頷いて言葉を続ける。

「ええ、これほど学園に貢献してくれたんだもの、ぜひお願いしたいのよ」

「う～ん……いいですけど、まだ三年生が始まってすぐのこの時期に代表を決めるんですか？」

「例年は冬になった頃に決めるんだけど、もう今年はラルク君以外にいないんだから先に言っちゃいましょうってなったのよ。断られたら、本来の決める期間までに色々と話し合いを設けて頷いてもらうつもりだったわ」

「つまり、断れないやつだったんですね」

ちょっと呆れつつ、俺は学園長室を退出した。

◇

学園長から代表に指名されたが、特別なことを何かやるわけでもなく、学生業と冒険者業、そして商業の全てを手を抜かずに頑張り、一ヶ月が経った。

今日、冒険者ランクが全員Bランクに昇格した。

俺達は基本的に、依頼を達成したときの報酬を五分割にして、それぞれの報酬とパーティの貯金に割り振っている。そのパーティ貯金で拠点も購入したというわけだ。

最近の依頼消化速度が速すぎて、すでに家を購入した分がまた溜まっていた。

そういうわけで、俺は一つ提案をすることに。

「お金がまた貯まったし、みんなもBランクに昇格したから、自分達にご褒美として買い物をしない？」

「私、賛成！　ちょっと買いたいものがあったんだけど、自分の貯金では手を出せないのがあったんだ」

「同じく賛成。私も丁度欲しいものがあったし」

「僕も別にいいよ」

三人とも賛成してくれたので、パーティ貯金からそれぞれに金貨五枚ずつ渡し、さらに一週間休暇を取ることにした。

そして翌日。今日は学園も休みの日だ。

買い物ついでに久し振りにコロとノワールの散歩をしようと思い、二匹を召喚する。

すると、召喚に応じた犬のコロと猫のノワールは若干不貞腐れていた。

「ごめんって、コロ、ノワール」

二匹がご機嫌斜めな理由は大体分かっている。最近、コロ達の面倒をルーカスに任せきりだったからだろう。

「ほ、ほら。今日は一緒に遊ぼう？　今日は好きなものを買ってあげるから」

「わふ～」

「にゃ……」

二匹は生返事のような鳴き声で応えた。

二匹と一緒に散歩をしつつ商業区まで行ってお店を回っていると、肉屋の前でコロとノワールが止まり高級肉をもの欲しげな目で見始めた。

「了解しました」

俺は二匹にそう言って、肉屋で高級肉を購入した。

その後も久し振りの商業区巡りは楽しかった。そろそろ服も新しくしようと思い服屋で服を購入したし、他にもいろんなものを買った。

買い物を終えて家に帰宅してきた俺は、高級肉で二匹のために料理を作ってあげることに。

コロとノワールは料理を美味しそうにバクバクと食べていた。

そのとき、玄関の呼び鈴が鳴る。

「んっ？　誰か来たのかな？」

応対に行くと、叔父のイデルさんがいた。ここ数ヶ月くらい姿を見ていなかったので驚いた。

「イデルさん。お久し振りです」

「ああ、久し振りだなラルク。ちょっと急で悪いんだが、お前の世界にいるウィードのところに連れていってくれないか？」

「ファンルードですか？　分かりました」

俺はファンルードへの門を開いて、一緒に中に入る。

そしてイデルさんをウィードさんのところに送った。ウィードさんはイデルさんの友人なんだよね。

「イデルさん、なんで焦(あせ)っていたんだろうな……」

なんとなく事情を聞ける雰囲気ではなかったので何も言わずにおいたが、ちょっと気になる。

モヤモヤしていると、また玄関の呼び鈴が鳴った。

玄関に行くと、次はアルスさんが立っていた。いつもの王様の服ではなく、変装している。

「アルスさん……」

「ラルク君……」

数秒アルスさんと見つめ合った俺は、スーと息を吸い込み――

「アルスさんがファンルードに逃げようとしてます。このまま行くとあなた達がエマさんから説教を受けますよッ！」

近くにいた兵士さん達に大声で報告した。

「ちょ、ラルク君ッ！」

焦るアルスさんの元に、数人の兵士さんが現れる。

「アルス様、私達のためにもお仕事に戻りましょう」

「嫌だ！　もう僕はたくさんやったもん！　あとはリオに任せるもん！」

リオとはアルスさんの長男リオラス君のことだ。

アルスさんは抵抗したが、複数人の兵士さん達に囲まれて連れていかれた。

「アルスさん。もう少し変装がうまくなったら騙されてあげるのに、どうしてあんなに下手なんだろう……」

こういったことは初めてではない。

最近仕事が多忙なのか、ときどきこうしてアルスさんがファンルードに逃げようとするんだよな。

俺はアルスさんの奥さんであるエマさんが怖いため、こうして毎回追い返している。

その後は来客もなくなり、コロ達の食事を見たあとは一緒にお昼寝をして休日を過ごした。

◇

休暇にしたことによって時間が余るようになったので、俺はファンルードの中で新料理の開発をしていた。先日の変化によって新たにファンルードで採れる食材にも変化があり、なんとカカオの実を入手できる地域を発見したのだ。さらにバニラの木も発見された。つまりチョコレートとバニラアイスを作れるようになったということだ。

春も終わり夏に近付いてきているこの季節に、バニラアイスはピッタリだと思い、優先的に作る。

試食用のアイスをゼラさんやシャファル、幹部達に食べてもらうと大絶賛された。特に、ゼラさんは大変気に入ったようで、毎日子供みたいに「作って作って」とせがんできた。

バニラアイスが量産できるようになったら、レコンメティスでも売れるようにしたいな。

料理の研究が一段落したあとは、ゼラさんと一緒にボードゲームで遊ぶ。

「そういえば、ラルク君」

ゼラさんが思い出したかのように話を切り出してきた。

「はい、なんですかゼラさん？」

「ラルク君って、最近強さを求め始めたじゃない？　それを私の友人にも話したら、ぜひ力になりたいって言っていたのを思い出したの。私と同じ悪魔だけど、どうかしら？」

「えっと、力を貸してもらえるのはありがたいですけど……」

ゼラさんが相当変わり者だから忘れがちだけど、悪魔って基本極悪なんだよな。下手に契約したら地獄に落とされかねない。

慎重に言葉を選ぼうと思っていたら、ゼラさんは続けてこう言った。

「その子は『別に従魔になってもいい』って言っていたわ。どうかしらラルク君？」

従魔契約となると、その悪魔に悪さをされることはなくなるな……

少し悩んだが、とりあえず会ってみてから決めたいと答える。ゼラさんは「近いうちにこっちに来てもらうわね」と言った。

ゼラさんは次の日の夕方に、友人の悪魔を連れてきた。一人かと思ったら三人だったのでびっくりした。

彼らはそれぞれ自己紹介を始める。

「初めましてラルク様。私はとある国で国王の補佐を務めていました悪魔のファルドと申します」

「どうもラルクさん、儂は地下帝国で生活してたウェルスと申す」

「私は天空城で暮らしてたイリーナ。よろしくねラルク君」

「よ、よろしくお願いします」

一人ずつ頭を下げて挨拶したあと、何故俺の元に来たいのかと質問をする。

すると、まずファルドと名乗った悪魔から質問に答えた。

「私は元いた国の建国者の一人なのですが、先日王から今後は他国との関係を強くしたいと言われ、悪魔と協力関係を結んでいる国だと他国に知られたらまずいという理由で追い出されました。どこか行くところがないか探していたところ、そういえばゼラさんが主を見つけたと言っていたのを思い出しましたので相談に来た次第でございます」

「なるほど……建国者なのに追い出されたなんて、悲しいですね」

「私を追い出した現国王は、幼少期から私を快く思っていなかったみたいですからね。前国王がお亡くなりになり、自分が即位したらすぐに私を追い出したんですよね。寂しい気持ちはありますけれども、あちらが一緒に暮らすのを望まないのであれば出ていくしかないと思いまして」

ファルドさんは寂しそうな表情をして言った。

悪魔なのに性格が素直すぎる。この人となら仲良くなれるかもしれない。

続いて、ウェルスさんに同じ質問をした。

「儂はただ静かに暮らしたいと思って地下帝国というところにいたんじゃが、悪魔の儂の力を頼りに人が集まりすぎてのう。うるさくてかなわんから新しい場所に引っ越しを考えているときに、ゼラからファンルード存在を聞いたのじゃ」

「静かな場所で静かに暮らしたい。それが理由ですか？」

「うむ、あとはファンルードでは何やら美味しいものも食べられると聞いてのう」

ああ、この人は本当にただ引きこもりたいだけなんだな。ウェルスさんも相当な変わり者だ。

最後にイリーナさんのほうを向いて理由を聞いてみた。

「私は、ゼラちゃんと一緒に暮らしたいからかな？　従魔にしてくれるんなら、私が持っている天空城はラルク君にあげるよ」

「天空城ですか？」

「そう。空に浮いている大きなお城よ。かっこいいわよ～」

それはちょっと欲しいかもしれない。

とりあえず、話を聞いた限り三人とも問題なさそうだ。というか、流石ゼラさんの友達なだけあって全員個性が強い。悪魔ってもっと怖い存在じゃなかったか？

「ファルドさん、ウェルスさん、イリーナさん、これからよろしくお願いしますね」

俺はそう言って、三人と握手をして従魔契約を結んだ。

とにもかくにも天空城が気になったので、さっそくイリーナさんの転移魔法で向かってみる。

転移したのは、天空城の正門前だった。

そこから大地の切れ目まで歩いて移動して、下を覗き込んでみる。「天空城」という名前通り、本当に空に浮いていた。

「すごいですね」

「でしょ？　神様が造った建物なだけあって、中もすごいわよ～」

イリーナさんはそう言って、天空城の中を案内してくれた。

内装は荘厳（そうごん）で非常に素晴らしかったのだが、一つ驚かされた光景がある。

「すごいですね。城の中に畑もあるんですか」

「そうなのよね。だから私、ウェルスのところからもらった作物を育てて自給自足の生活をしていたのよ。意外と楽しくて数百年暮らしていたんだけど、流石に最近は寂しくなっちゃったのよね」

その後も城内の案内をしてもらう。

一通り見たあとちょっと考え事をしていたら、ゼラさんから「何を悩んでるの？」と聞かれた。

「いや、この城をどうしようかな、と思いまして。ここってレコンメティスの近くじゃないですよね？　俺は魔法で飛べますけど、ここまで自力で来るのは大変だなぁと……」

「それなら天空城はファンルードの中に入れればどう？」

「いや、流石にこの城を入れるくらいの門は開けないですし」

「でもラルク君の収納系スキルなら、この城を一旦収納してファンルードで取り出せるんじゃない？」

ゼラさんがとんでもないことを言いだした。

イリーナさんは冗談だと思ったらしく、笑いながらゼラさんに言う。

「何言ってのよゼラちゃん。そんなの無理に決まっているでしょ」

俺も同じことを思ったが、そういえば俺の『便利ボックス』って特に収納できるものの大きさに限度はないんだよな。

いや、まさかな……

俺達は空の上に飛び、無人の城に手を向けて『便利ボックス』の中に入れるイメージをしてみた。

すると、天空城の上部にこれまで見たことないほどの巨大な次元の裂け目ができて、天空城をすっぽりと覆（おお）って収納してしまった。

「嘘!?　入っちゃったの!?」

「み、みたいですね……」

イリーナさんが驚きの声を上げた。みんなも驚く中、ゼラさんだけがニコニコといつもと同じ表情を浮かべている。

それからファンルードの中に入り、中央都市から離れて海へとやってきた。

そして、上空に天空城を出す。

こうして、ファンルード内に天空城が持ち込まれたのだった。

「神からもらった世界に神が作った城が入ったって、なんだか面白いわね」

ゼラさんはのんきにそう言って笑っていた。

その後、ファンルードの幹部達に新しい住人である三人の悪魔を紹介する。それとあわせて、天空城のこともみんなに伝えた。

天空城なんていう建物は物語の中だけのものと思っていた人が多く、みんな現物を見てみたいと言った。

というわけで天空城へと行くと、四竜の皆さんも興奮して城内を歩き回っていた。

「竜族でも天空城は初めて見たんですか？」

特に興奮していたノアさんに聞いてみる。

「はい。自由に空を飛べる竜でも、この城を探し出すことはできなかったんですよ。すみませんがイリーナさん、この城はどうやって見つけたんですか？」

ノアさんが、俺達の後ろに付いてきていたイリーナさんに尋ねた。

「え～と、私が見つけたときは海中に沈んでたのよね。悪魔の世界からこっちの世界に出てくるときに間違って海の中に出ちゃって、そのときに見つけたの。それで、試しにお城の核に魔力を注いだら動きだしたのよ」

「海の中ですか。私も何度か探したりしていたのですがね。しかし、すごいですねこの城は」

ノアさんは子供のように興奮して城の中を見て回っていた。

天空城を見学したあと、いつもの会議室に戻ってくる。そして、あの城は今後有効活用できるようにしようという方向で話がまとまった。

会議が終わったあと、俺は温泉に入りに行く。

「しかしまあ、俺が一番見てみたかったものがこんなにも早く見られるなんてな……」

湯船に浸かりながら、独り言を呟いた。

天空城の存在自体は、レコンメティスの第二王子であるウォリス君から借りた書物で読んで知っていた。

「そうだ。明日ウォリス君のところに行って、天空城を見せてげよう」

きっと喜んでくれるに違いない。

そして翌日、俺はレコンメティス城のウォリス君の部屋に遊びに行った。

ウォリス君に事情を説明すると、かなり驚いていた。

「えっ、それじゃあの天空城はラルク君が今持ってるの？」

「うん。ウォリス君も見てみる？」

「見たいに決まっている！」

興奮した調子のウォリス君を連れて、ファンルードの中に入る。

そして天空城を見せると、いつも冷静なウォリス君が興奮して走り回ってはしゃぎだした。

そんなウォリス君の姿を見て、天空城に負けないくらい貴重な光景かもしれないな、と思った。

10　強制休息

天空城を手に入れたあと、残りの休暇は天空城を調査したり絶景を眺めたりして充実した時間を過ごした。

そして休暇明けの最初の日。俺とアスラとリンとレティシアさんは再び拠点に集合した。

「さて、今日から活動の再開をしようと思うけど、みんなは何をしたい？」

俺が聞くと、まずアスラが発言した。

「う～ん、冒険者ランクもBランクまで上がったからランク上げは一旦やめて、能力の強化をしたらどうかな？」

「私もアスラ君の意見に賛成」

「私も～」

アスラの意見にレティシアさんとリンも賛成したので、これから先はしばらくレベル上げ期間として迷宮に潜ることにした。

その前に一度、みんなの能力値を確かめておこうと俺が言ってみんなの能力値を『鑑定眼』で鑑定して紙に書き写した。

【名　前】レティシア
【レベル】73（＋53）
【ＳＰ】0（＋3371）
【力】4123（＋2650）
【魔力】1775（＋1272）
【敏捷】2902（＋2014）
【器用】3371（＋2226）
【運】61

【名前】リン
【レベル】75（＋55）
【SP】0（＋440）
【力】2768（＋1760）
【魔力】2797（＋1870）
【敏捷】3897（＋2310）
【器用】3221（＋2200）
【運】49

【名前】アスラ
【レベル】81（＋61）
【SP】0（＋366）
【力】2291（＋1708）
【魔力】4177（＋2684）
【敏捷】2895（＋1952）

【器用】3011（+2196）
【運】53

意外とみんなのレベルが上がっている。アスラは80レベルを超えていた。

「私達ってこんなに成長してたんだ……」

「まあ、あれだけ毎日毎日魔物を倒したり、迷宮にずっと潜ったりしていたからね。でも、実際に見てみると驚くね」

「でも、前に見たラルク君の能力値にはまだまだ届いていないのが悔しいわね」

リン、アスラ、レティシアさんは自分達の能力値を見てそれぞれ感想を言った。

俺はみんなの能力値を見て、ふと思ったことを聞いてみる。

「ねえ、みんなはＳＰってやつをどうやって使っているの？」

ＳＰについては、長年ずっと気になってはいたんだよな。今のところ、レベルが上がると溜まる謎の能力値、という認識でしかない。

「そういえば、ラルク君って一切ＳＰを使ってないよね」

アスラはそう言ったあと、詳しく説明してくれる。

「ＳＰは使うっていうより、勝手に使われている感じかな？　この能力値がもっと上がってほしい！　って思ったり、スキルレベルが上がってほしい！　って強く念じたりしたときに、ＳＰを代償に能力値が割り振られるんだよ」

「なるほど……つまり、経験値の貯蔵庫みたいなこと？」

「まあ、大体合っているかな」

長年の疑問が解消されてスッキリした。まあでも、今はこれといって上がってほしい能力値があるわけではないので、しばらくはまだＳＰを使うことはないだろうな。

その後、能力値とレベル上げを行うために迷宮に潜るべく、ファンルードの中央都市にある市場へと来ていた。ここで必要なものを揃えるのだ。

「ここ、王都よりも賑わっているね」

「まあね。ここがこの世界の一番最初の町だから、人口もかなり多いんだよ」

アスラにそう説明したあと、市場で迷宮探索用の道具を買い揃える。

そしてその日はみんなで拠点に泊まり、翌日早朝から迷宮へと向かった。ちなみに学園は休日だ。

今回やってきた迷宮はいつもの場所ではなく、王都から少し離れた場所に最近出現したものだ。

本当はファンルードの迷宮に潜りたいところなのだが、ファンルードの迷宮で採れる素材はどれも高価すぎてギルドに納品したら大騒ぎになってしまう。金策も兼ねた迷宮探索だと、むしろこの世界の迷宮のほうが都合がいい。

「さてと、今回は自分達の能力値上げを優先させよう。素材は無理に集めない方針で行こうか」

「「了解」」

方針を決め、迷宮の中に入る。

探索は順調に進み、俺達は数時間ほどで下層のさらに奥まで来ていた。この辺りまで来ると出現する魔物が結構強くなっていて得られる経験値も多くなっていた。

そのおかげか、休憩中に改めて鑑定してみると、レティシアさんのレベルがすでに上がっていた。

「それじゃ、みんなそろそろお昼にしようか」

「「はーい」」

「了解です。主殿！」

みんなと共に声を上げたのはルーカスだ。本来はパーティメンバーだけで行く予定だったが、ルーカスも「参加したい！」と強く言ってきたんだよな。みんなの合意の元、探索メンバーの仲間入りをした。

「それにしても、レベルが格段に上がったおかげで昔より大分探索が楽になったなぁ」

「そうだね。私もこんなに短期間でここまで成長できるとは思わなかったわ」

俺の言葉にレティシアさんが相槌を打った。

それから料理を作り、みんなに配って昼食をとった。以前はご飯のときも見張りを付けていたが、

『マッピング』を手に入れてからは見張りを立てる必要はすっかりなくなった。

昼食を食べ終え、さらに迷宮の下層を目指して歩きだすのだった。

◇

迷宮に入ってあっという間に三日経ち、俺達は地上に戻った。

拠点に帰還し、俺はみんなに声をかける。

「それじゃ、みんなのレベルを確認するよ」

『鑑定眼』でみんなのステータスを見て、紙に記入していく。大体みんな5～7ほどレベルが上がっており、レティシアさんとリンもレベル８０を超えていた。

ステータスを確認した二人は「これ本当なの!?」と驚いていたが、俺が本当だと答えると、嬉しそうに紙を眺めていた。

その後、迷宮探索で手に入れた素材を換金するためにギルドに向かう。

ララさんが珍しく受付の仕事を手伝っていたので、そちらに行って換金してもらった。

「ラルク君。最近見なかったけど、何をしていたの？」

「迷宮探索に行っていたんです。学園が三連休だったので」

俺が言ったら、ララさんは「えっ……」と言葉が止まった。

「ですので、今日は迷宮で手に入れた素材を換金しに来たんです」

「ちょ、ちょっと待ってラルク君。もしかして、迷宮に三日間も潜っていたの？」

「はい、そうですよ。だからいつもより素材の量はたくさんありますね」

「……そんな～」

俺はララさんと共に地下室に移動し、手に入れた素材を『便利ボックス』から大量に出した。

相当数が多かったため、全ての素材の換金が終わったのは二時間後だった。

「まさか、この間まで倉庫整理の手伝いをしてくれていたラルク君が、もう倉庫を散らかす側になるなんてね。予想はしてたけど、こんなに早いとは思わなかったわ」

「あはは……先に謝っておきますと、今後も学園が連休のときとかは迷宮に長く潜るつもりなので、さらに忙しくなると思います。ごめんなさい」

「……分かったわ、覚悟しておくわね」

俺はお金を受け取り、みんなと一緒に拠点に戻って報酬の分配をした。

今回の稼ぎは合計で金貨十八枚。四人で四枚ずつ分け、残りをパーティ貯金とした。

「まさか、一度の探索でここまで稼ぐようになるなんて思わなかったわ……でも、この稼ぎがあるのってラルク君のスキルのおかげでもあるのよね」

「そうですね。ラルク君の収納系スキルは便利すぎますから」

レティシアさんの言葉にリンが同意した。

俺はみんなに言う。

「確かに俺のスキルで素材を運んだけど、そもそもあれほどの素材を採取することができたのはみんなの力があってこそだよ」

「……そうだね。ラルク君だけの力じゃないよね」

「僕達が頑張った結果なのは変わりないか」

「ですね」

俺の言葉にみんなは笑顔になった。

そのあとは今回の探索の反省会を行い、日が落ち始めたので今日のところは解散とした。

◇

レベル上げのための迷宮探索が終わった翌週の休みの日、俺達は町の依頼を手分けして消化していた。

ここ最近は冒険者の数が増えていてギルドも忙しそうにしているのだが、いかんせん町の依頼は報酬が少なく、やる冒険者が少ない。ランクが低い冒険者はこういった町の依頼を受けて住人との信頼関係を築くのだが、それをしない冒険者が最近は増えてきているとドルトスさんや上級の冒険者が愚痴を言っていた。

彼らのようなベテランの冒険者は、報酬が少なくとも住人との関係性が大事だと理解しているので、手が空いているときは町の依頼を率先して受けている。だが、このところはタイミング悪く上級の冒険者がほとんど王都を出ているので町の依頼が溜まっているのだ。

そのことを数日前にララさんから聞かされた俺達は、別々に依頼を受けて町の悩みを解消していった。

依頼をこなして達成報告をしにギルドへ戻ると、丁度同じタイミングでレティシアさんが帰ってきていた。

「ふ～、魔物を倒すよりこっちのほうがキツイね。それに報酬も少ないから、やらない理由はわかる気がする」

「まあ、それは仕方ないと思います。依頼といっても簡単なものばかりだから、そんなに報酬も高くできないんでしょう」

「わかってるけどさ～」

レティシアさんは頬を膨らませて、ララさんに用意してもらっていた次の依頼を受けてギルドを出ていった。俺もララさんの受付で何個か一気に依頼を受けてギルドを出て、依頼の場所に向かった。

町の依頼消化活動は結局、学園が休みの二日間ずっと続けた。だが、そのかいあってなんとか終わらせることができた。

翌日、学園に登校して席に着くとレックに話しかけられる。

「ラルク君。昨日、走って町の中移動してたけど何をしてたの？」

「ちょっと町の依頼が溜まっていたからそれをこなしていたんだ」

「そういえば、最近町の悩みが解決しなくて大変だったって父さんが言ってたな」

「別に依頼自体はそんなに大変じゃないんだよ。でも、量がね……最近の冒険者は迷宮探索やら討伐依頼やらを優先的に受けていて、町の依頼をやってないんだ」

「ああ、それで悩みを抱えた人が多かったのか……どうにかならないのかな……」

「根本的に冒険者の意識を変えることはできないしな、また溜まったら俺達がやると思うよ」

「大変そうだね。倒れないように用心して頑張ってね」

レックからそう言われたあと、みんなも登校してきた。それから少ししてカール先生が教室に入ってきて、学園の一日が始まった。

三年生となった俺達の授業はさほど難しくはなかったのだが、苦手分野だと難しいと思う者も出ていた。しかし、分からないところはお互いに教え合って乗り越えるスタイルを確立していた俺達は、問題なく授業を乗り越えられた。

そんな学園生活もずっと続くわけではない。

時間が過ぎるのはあっという間で、いよいよ最後の夏休みに入ろうとしていた。

「ラルク君。今日ちょっと、予定空いてる？」

夏休み前、最後の授業がある日の放課後。帰宅しようとしたらリアに呼び止められた。

「どうしたの？　今日は冒険者活動を休みにしていたから大丈夫だけど」

「それじゃあ、これからお家に来てくれないかな？」

「うん、いいよ。俺が飛んで連れていこうか？」

冗談のつもりで言ったら、リアは「うん。それじゃラルク君にお姫様抱っこしてもらって帰ろうかな」と言って、迎えに来ていた馬車を帰らせてしまった。

というわけで、俺は本当にリアをお姫様抱っこして空を飛んで城に向かった。

そして城に着くなり、俺はエマさんがいる中庭に連れていかれた。

「久し振りねラルク君。それとおかえりなさいリア」

「お久し振りです。エマさん」

椅子に座るように言われたので、俺はエマさんの向かいにある椅子に座った。

「ラルク君、最近ちゃんと休みを取っているかしら？」

「休みですか？　はい、取ってますよ？」

「そのわりには、休みの日でもラルク君が働いていると聞いているわよ？　冒険者の活動が休みでも、商売のほうをやってたらそれは休みとは言えないわ」

　確かに、そう言われればちゃんとした休みは取っていない気がする。

「ラルク君。これは未来の母からの命令です。休みを取りなさい。そうね、最近ファンルードの海沿いに新しい温泉宿ができたって聞いたから、そこに泊まりに行きましょう」

　エマさんからやけに具体的な命令が飛んできた。

「あの、エマさん？　もしかしてですけど、そこに泊まりに行きたいから俺を休ませようとしてませんか？」

「そんなことはないわよ？　未来の息子が倒れないように心配しているの。それにリアもラルク君が倒れないか心配だって毎日言っているし」

　え、そうなのか？

　リアのほうを見ると、「だって、ラルク君。学園がある日も働いているから……」と呟いた。

　リアを心配させてはならない。

　俺は休日を作ることにした。

休日を作ると決めた俺は、すぐにみんなに知らせるために城を出る。エマさん達にはまた連絡しに来ますと言っておいた。

まずレティシアさんとリンがいる拠点に向かった。

中に入り、レティシアさんとリンにさっそく「休みを作らないか」と話す。

二人が賛成してくれたので、次はアスラのところに行くためにゼラさんにお願いしてルブラン国の城の前に転移させてもらった。

「すみません。アスラはいますか？」

門番さんに聞くと、アスラは城の中にいると教えてくれた。

門番さんに門を開けてもらい、城内に入る。そして、アスラの部屋に向かって扉をノックした。

中からアスラの声が聞こえたので扉を開けて入室する。

「やあ、アスラ」

「ラルク君がこっちに来るって珍しいね。何かあったの？」

「ああ、ちょっとね」

俺はそう前置きして、休みを作らないかという話をした。

「なるほど。確かにラルク君って休みの日も働いてるから、エマさんがそう思うのも分かる気がするね」

「一応は倒れないように気を遣っているんだけどね」

「それでも周りの人は心配なんだよ。いいよ、少しだけ休もうか」

「ありがとうアスラ。日程は後日また話し合うよ。また明日」

「うん、じゃあね。ラルク君」

用件を済ませ、レコンメティスへと帰還する。

さて、旅行か……せっかくなら義父さん達やお世話になっている人達も一緒に連れていきたいな。

◇

翌日、旅行に連れていきたいメンバーのところへ行って予定を確認してみる。二日後から二日間空いていることが分かったので、二日後にまた来ますと連絡をした。

一通りの連絡を終え、俺は旅行の日を楽しみに過ごした。

そして二日後……

「ラルク君。君、いつこんなにすごい人達と知り合ったんだい？」

そう俺に言ってきたのはラックさんだった。

「普通に過ごしてただけですよ。でも、確かにこの光景はすごいですよね」

今回の旅行に呼んだメンバーは以下の通りだ。

まず、レコンメティス組。

家族、クラスメート、王家、学園の先生達、パーティメンバー、クラスメートとパーティメンバーの両親、フィアさん、ララさん、店の従業員、ドルトスさんとパーティメンバー。

続いて、ルブラン組。

王家、シャファルバーク家、グロレさん、ニックさん、リアナさん、エレナさん。

最後に、レムリード組。

王家、教会の神父、シスター達、教会の子供達。

ほとんどの人々は王様達を見て緊張していたが、当の王様達はこの場に居合わせたことに少しも驚くことなく、楽しそうに会話をしていた。

全員集まったのを確認し、俺は地球のホテルみたいな大きな建物に彼らを案内した。そしてそれぞれの部屋の鍵を配り、俺も自分の部屋へと移動した。

部屋の中には大きなベッドがあり、窓から綺麗な海が眺められる。これは全室共通だ。

「これはいいな……」

部屋からの眺めに感動していると、扉がノックされた。ドアを開けると、水着へと着替えたレティシアさん達が待っている。

「ラルク君、海に行こう〜」

もちろんと返事をし、少しだけ待ってもらって俺も水着に着替える。そしてみんなと一緒に海へと行き、思いっきり遊んだ。

海で遊び疲れたあとは、宿に戻ってきて温泉に入る。

お風呂では神父様と一緒になったので、湯船に浸かりながら会話する。

「子供達も呼んでくれてありがとう、ラルク君」

「お礼を言われることじゃないです。ただ、俺が呼びたくて呼んだだけですから。それに人が多いほうが楽しいですよ」

「それもそうだね」

その後、神父様も意外と長風呂派だと分かったので、どっちが長く入っていられるか勝負をした。神父様が熱いのが得意で、結局勝負には負けてしまったのが残念だったな。

風呂に入ったあとは、夕食だ。ホテルのディナーよろしく、この海近くの名物でもある海鮮系の食事が出てきた。

旅行メンバーはすごく美味しそうに食べていて、連れてきて良かったと思いながら俺もご飯を食べた。

食後、それぞれあてがわれた部屋に戻る。

俺はこの世界でこんなにもいい関係を築けたことに感謝をしながらサマディさんの像に祈った。

すると、頭の中に直接サマディさんの声が流れてくる。

(その関係を築いたのはラルク君自身だよ。これからも頑張ってね)

そんな風に応援してくれたのだった。

11 神様からの緊急依頼

旅行から数日後、俺はアスラ達と共に迷宮へ戻っていた。

やってきたのは、レコンメティス王都から少し離れた位置にあるほうの迷宮。

ちゃんと休んだことで疲労感が消えて、以前よりも格段に動きやすかった。

それはみんなも同じなようで、俺達はこれまで迷宮探索してきた中でも最高速度で探索していく。

「あれ？　ラルク君、向こうに誰か倒れてるよ」

「……そうみたいだな、警戒を解かずに近付こうか」

アスラの報告を受け、俺達は周りに注意しつつ近寄った。

近付く途中、薄々そんな予感はしていたのだが……

「死んでるね……」

その人物は、呼吸をまったくしていなかった。

死体を見慣れていないアスラ達は、苦しそうな表情をしていた。

俺は辺りを見回しながら言う。

「この人だけしか見当たらないな、元々ソロで迷宮に潜っていたのか、仲間の囮にされたのかは分からないけど、とりあえずギルドに報告をしようか」

俺はそう言うと死体に近付き、顔をあまり見ないようにしながら〝冒険者の証〟を取った。これは冒険者にとっての身分証明書であり、ギルドに持っていけばこの人の身元が判明する。

「ラルク君、遺体はどうするの？」

リンが不安げに聞いてきた。

「俺の『便利ボックス』でギルドに運ぼうと思う。魔物に襲われて命を落としただけかもしれないけど、もしかしたら事件性があるかもしれないから」

俺は胸の前で両手を合わせて黙祷したあと、『便利ボックス』から大きな木箱を取り出し、冒険者の遺体を安置して再び回収した。

そしてそれ以上の探索をやめ、王都へ帰還する。

すぐにギルドへ向かい、受付の人に冒険者の証を渡し、遺体を回収していることも伝えた。

受付の人は「マスターを呼んできます」と言ってその場を離れ、フィアさんを連れてきた。

「ラルク君達、ここじゃ色々とまずいから、ちょっと一緒に来て」

フィアさんはそう言って俺達をギルドの地下へ連れていき、地下に到着するなり尋ねてきた。

「ラルク君、死亡した冒険者の遺体を回収してきたの？」

「はい。念のためと思って……」

俺はそう言って、亡くなった冒険者の遺体が入った木箱を『便利ボックス』から取り出した。

フィアさんはその木箱をソッと開け、中を確認して再び閉じる。

「腐ってはないわね。比較的、最近亡くなったみたい」

「はい。あと、普通の魔物に襲われたにしては遺体の状態が綺麗なんですよね」

フィアさんは俺の言葉を聞くと「なるほどね……」と神妙な顔つきで呟いた。

結局フィアさんはそれ以上何も言わず、その場は解散となった。

「みんな、今日死体見て気分が悪くなってると思うから、ゆっくりと休むように」

「「「はい」」」

俺達はフィアさんの言葉に返事をして、それぞれの家に帰宅した。

帰宅後。いつもより長めにお風呂に入ったあと、サマディさんの像にお祈りを捧げる。すると、突然体が光りだして神界に連れてこられた。

「あれ？」

いきなりだなと思っていたら、顔の前で手を合わせて謝るサマディさんが視界に入った。

「ごめんねラルク君、急に呼び出しちゃって」

「悪いな、ラルク。我がお主を呼ぶように頼んだのだ」

サマディさんの他にも神様が立っている。迷宮の神様、ラグマンさんだ。

ラグマンさんは申し訳なさそうな顔で、俺にお願いがあると言った。

「ラグマンさんが俺にお願いですか？」

「うむ。実は先日、我が迷宮の調整をしていたときに間違えて一つの迷宮に全ての魔力を注ぎ込んでしまったのだ。そしてその魔力は、一体の魔物に作り変えられた」

「……えっ？」

それって、すごくヤバイ状況じゃ……

ラグマンさんは迷宮と自分自身の役割について話してくれた。

俺達人間や魔物が魔法を使った際、魔力が微量だが大気中に残ってしまう。

その残った魔力が溜まりすぎると、世界に悪影響を及ぼすのだとか。

そこでラグマンさんは、魔力が特に溜まりやすい場所の近くに迷宮を作り、その迷宮へ魔力を送り込んで消化させているそうだ。

だが、ラグマンさんが調整を間違えてしまったために迷宮から魔力が大量に溢れ、大気中に溜まりすぎてしまった。その結果、魔力が魔獣に変化したのだという。

ラグマンさんは話を続ける。

「一刻を争う事態だ。すでに被害も出ておるみたいだ」

「……もしかして、その調整を間違えた迷宮っていうのが、俺が今日行ったところですか？」

なんとなく察して尋ねると、ラグマンさんはコクリと頷いた。

「やっぱり……」

「すでに冒険者が何名か奴の手によって命を落としている。これ以上被害が出る前に、ラルクに奴の処分をしてほしいのだ」

「……分かりました。引き受けます」

「本当に助かる。今、我にできるのはラルクに加護を与えることくらいだが、事態が落ち着いたらサマディエラ様づてにお礼の品を渡そう」

ラグマンさんはそう言って、俺に向かって手を伸ばす。次の瞬間、俺は淡い光に一瞬包まれた。

光が収まったのでステータスを確認すると、『ラグマンの加護』という加護が追加されていた。

加護の力は迷宮依存型のようで、迷宮内では能力値が上がるという効果だった。さらに、普通は上昇しない【幸運】の能力値も上がるらしい。

「ありがとうございます」

俺はお礼を言い、その魔物の特徴について詳しく聞いたあと現実世界へ戻ってきた。

急を要するため、俺はすぐにファンルードに入り幹部達を緊急招集した。

「ラルク君、こんな夜更けに集めて何かあったの？」

急に呼び出された幹部達を代表して、ゼラさんが聞いてきた。

「はい。実は先ほど、神様から緊急の依頼があったんです」

神様という単語に、幹部達は驚いた顔をした。

俺は先ほど神界で話した内容を詳しく説明する。

「なるほどのう。神も失敗するときがあるんじゃな」

「俺も驚いたけど、一人で世界の残留した魔力の調整をしているんだから失敗することもあるよ」

「じゃろうな。とりあえずその魔物を処分すればよいんじゃな？」

「うん。すでに被害者も出ているから、迷宮内で戦える者を集めて今から行こうと思う」

「我は行くぞ」

シャファルは誰よりも早く参加を表明した。

他の幹部はというと、意外にも迷宮内のような狭い環境で戦うのは慣れていないという者が多かった。まあ、みんな体が大きいしな。

しかしそれでも、シャファルに加えて四人の悪魔、ルーカス、ノアさんという頼もしい面々が同行してくれることになった。なお、ノアさんはシャファルの戦いを見たいだけらしい。

「私達の初陣(ういじん)は意外と早かったですね。ラルク様にいいところを見せるために、頑張りますか」

「そうじゃな、長い地下生活で多少鈍(なま)っているが、魔物程度、簡単に屠(ほふ)ってみせるかの」

「ふふっ、ゼラちゃんと一緒に戦うなんて何百年振りかしらね？　楽しみだわ」

ゼラさん以外の悪魔達は、それぞれ自信に満ち溢れた顔をしていた。ちなみにゼラさんはいつも通りだ。

俺は討伐隊を連れてファンルードを出て、ゼラさんの転移魔法で問題の迷宮に移動した。

迷宮に足を踏み入れた瞬間、先頭のシャファルが呟く。

「……下層のほうに、異様な魔力の塊(かたまり)を感じるの」

「多分、それが神様の言っていた魔物だと思う。どの辺りにいるか分かるか？」

「かなり深いところじゃな。お主、迷宮の構造が分かるスキルを持っておらんかったか？」

「『マッピング』のことか。どれどれ……」

スキルを発動したが、魔物の位置は特定できなかった。向こうもイレギュラーということか。

「みんな、警戒して下に進もう」

俺達はそれぞれ強化魔法を発動して、最高速度で下へ向かった。

一時間ほど下り続けていると、奥のほうから「――ヒヒ！」と気色の悪い笑い声が聞こえた。

「ラルク、奴の場所にたどり着いたようじゃ」

「うん、俺も魔力を感じ取れたよ。みんな、戦闘態勢に入って」

俺の言葉を合図に、幹部達はそれぞれ武器や魔法を準備して魔物へ近寄った。

目の前にいたのは、二足歩行で歩くデーモンみたいな魔物だった。薄気味悪い笑みを浮かべ、こちらを見つめ返している。

「フヒヒッ！」

――一瞬、ほんの一瞬だけ魔物の姿を見失った。

「ッ！　ラルク、危ない！」

次の瞬間、目の前に鎌のようなものが見えた。

シャファルが咄嗟に俺を横に突き飛ばし、そのおかげで魔物の攻撃を回避する。

「ゴホッゴホッ。た、助かったシャファル」

「いい。それより、早く体勢を立て直すんじゃ！」

俺が立ち上がる間、魔物は少し離れたところから値踏みするようにそれぞれの顔を見比べていた。

ノアさんとルーカスのことは残念そうな顔で見たのに対し、俺とシャファルと悪魔達のことは嬉しそうな表情で見る。

「この一瞬で我らの力を測ったんじゃろうな。ノア、それとルーカスは後ろに下がっておれ」

「分かりました。シャファル、皆様、頑張ってください」

「……悔しいけど、そうするっす」

ノアさんとルーカスは、無念そうな表情で俺達の後ろに下がった。

魔物は俺達と向かい合い、「フヒヒヒ～！」と歓喜の声を上げた。

その直後、魔物が一瞬にして姿を消す。そして一瞬ののち、シャファルの頭上に姿を現した。

「シャファル！」

「ふむっ、心配せんでも大丈夫じゃ」

俺の目では追うのもやっとだったその動きにシャファルは普通に対応して、魔物を殴り飛ばした。

「流石だな」

思わずそう呟くと、シャファルはニヤリと笑みを浮かべた。

「フヒッ、フヒッ、フヒヒヒ！」

「……気持ち悪いの、殴り飛ばされて嬉しがる魔物なんて見たことがないぞ」

下品な笑い声を上げる魔物に、シャファルは気持ち悪そうな視線を向ける。

魔物が再び襲いかかってきた。

その素早さは尋常ではなく、ゼラさんでさえ「鬱陶(うっとう)しいわね」と愚痴るほどだった。

しかし、こちらの戦力が過剰だったのか次第に魔物の動きが悪くなっていく。

「フヒッ！」

戦闘開始から三十分ほどで、魔物は嬉しそうに笑いながらその場に倒れた。

「ラルク、丁度いいじゃろう。最後はラルクの魔法で決めるとよい」

その言葉に頷き、俺は自分の攻撃魔法の中で最大火力の【雷炎（らいえん）】を魔物へと食らわせた。

雷をまとった炎が消え、魔物は完全に消し炭になる。

「ふ～……久し振りにこんな緊張したな～」

「うむ、我もここまで激しく動いたのは久し振りじゃのう。流石は神の魔力からできた魔物じゃ」

「シャファル様の戦い、すごかったです」

ノアさんはシャファルの戦いを見て感動していた。

「ラルク様。どうでしたか、私達の働きは？」

ファルドさんが聞いてきたので、俺は笑顔で答える。

「すごく良かったです。ファルドさんの的確なサポートに、ウェルスさんの防御。イリーナさんはゼラさんと完璧に連携していたし、三人が仲間になってくれて本当に頼もしいと思いました」

「そう言っていただき、嬉しい限りです」

三人の悪魔は満面の笑みを浮かべたのだった。

12 領主代行

魔物を倒して帰宅したあと、報告のために神界へ行く。

俺の前にはラグマンさんとサマディィさんが立っていて、ラグマンさんは綺麗なお辞儀をして「本当に助かった」と言った。

その後、サマディィさんに案内されいつもの和室に入る。そこでお礼の内容の話をされ、ファンルードの迷宮をラグマンさんの力で少し強化することになった。これによって、迷宮の中で採れる鉱石や魔物の素材の質が上がるらしい。

「そういえばラルク君、今回とは別件だけど、君のところにやってきた悪魔達のことでデーラが話があると言ってたよ」

「あっ、そうなんですか？」

デーラ様は魔神という、サマディィさんとはまた違ったタイプの神様だ。

「分かりました。行ってきますね」

サマディィさんとラグマンさんにお辞儀をして、現世に帰る。そしてデーラ様に会うため、次はデーラ様の像に向かって祈りを捧げた。

するると体が光に包まれ、次に目を開けると神界とはまた違った神々しい部屋へとやってきた。

「来たわね」

「はい。サマディさんに言われて来たんですけど、どうされたんですか？」

そう俺が聞くと、デーラ様は「別に」と答え、それじゃなんで呼んだのか再度聞き返した。

「……とう」

「えっ？」

「だから……がとう」

「いや、あの何を言ってるのか――」

「だから！　あの子達に居場所を作ってくれてありがとうって言ってるのよ！」

デーラ様が急に大声を出したため耳がキーンとなった。

「い、いきなり大きな声は……」

「あっ、ごめん」

デーラ様がフラフラしている俺のために椅子を用意してくれたので、ありがたく座らせてもらう。

「それで、あの……先ほどの『あの子達』っていうはファルドさん達のことですよね？」

「ええ、そうよ。あの子達って結局は悪魔でしょ？　それを受け入れてくれる人ってなかなかいないのよね。だから、ラルク君のファンルードに住む場所を与えてくれて感謝するわ、ありがとう」

「いえ、俺にとってもファルドさん達の力は必要でしたから」

「それでも、あの子達の親である私はラルク君にお礼を言いたいの」

デーラ様は笑顔で言った。

その後はとりとめのない話をし、次はゼラさん達と一緒に来てと言われて現世に帰った。

◇

それから数日は特に変わったこともなく夏休みを楽しんだ。冒険者としていろんな都市に足を運んだり、商人としてファンルード産のものを売ったり、学生としてクラスメートと勉強会を開いて勉強をしたり、リアとリンの恋人として三人でデートをしたり、家族のために美味しい料理を作ってあげたり……

夏休みを楽しみつくし、学園生活三年目の二学期が始まった。

休み明けのテストも終わり、今日は返却の日だ。俺は全教科満点だった。

「ラルク君。今回も満点なんだね」

隣の席のレックが、横目で俺の答案用紙を見ながら言った。

「うん。夏休みにみんなでやった勉強会のおかげかな。レックはどうだった？」

「得意科目では満点を取れたけど、苦手教科は少し点が落ちちゃったんだ」

レックは自分の答案用紙を見ながらため息を吐いた。

クラスメートとテストの結果について雑談していると、教室の扉が開いて副担任のモーリスさんが慌てたように入ってきた。

「おい、ラルクはいるか！」

「はい。どうかしました？」

モーリスさんはズンズンとこちらに近付いてきた。

「ど、どうしたんですか？」

「今すぐヴォルトリス領に行け。それとしばらく学園を休んでもいい。許可は学園長から取った」

「えっ？　なんでですか？」

「……グルドが倒れたんだよ」

俺はその言葉を聞いて、すぐに教室を飛び出した。そしてゼラさんを呼び出し、転移魔法でヴォルトリス領の家に連れていってもらう。

義父さんの部屋に駆け込むと、義母さんが義父さんのベッドの横に椅子を置いて座っていた。

「早かったですね、ラルク君」

「できるだけ急いで来たので……義父さんはなんで倒れたんですか？」

「……実はグルドさん、少し前から心臓が痛いって言っていたの」

心臓が……？

俺は義父さんに『鑑定眼』を使用し、容態を確かめる。確かに心臓が悪くなっていた。だが、今は小康状態に入っているようだ。

『神秘の聖光』を使えば治療可能だとは思うが、それは最後の手段に取っておきたい。またこの間のアスラみたいに緊急の治療を要する事態が発生しないとも限らないからだ。

別の治療方法はないかと考え、俺はファンルードのファルドさんを訪ねることにした。

何故かというと、ファルドさんは薬学の知識が豊富だからだ。

なんでも前の国に仕えていたときに勉強していたそうで、その知識量は現在の薬学会でもトップクラスだとか。だからファンルードに薬品工場を作って、ファルドさんをそこの責任者にしているんだよな。

ゼラさんの転移魔法でファルドさんの研究所まで飛ぶ。

「ラルク様、どうしたのですか？」

「ファルドさん、心臓の病気を治せる薬はありますか？」

「……詳しく聞かせてください」

部屋でくつろいでいたファルドさんに、義父さんの容態について詳しく伝えた。

「なるほど……おそらくその症状なら〝魔心病（ましんびょう）〟という病気でしょう。これは空気中の魔力を摂取しすぎることで心臓へ多大な負荷がかかる病気で、放置しておくと魔法が使えなくなります」

「……それは、治すことは可能ですか？」

そう聞くと、ファルドさんはニコッと笑った。

「大丈夫です。私は、すでにその病の解毒薬の製法を確立しています」

良かった……そこで治療薬がないと言われたら、『神秘の聖光』を使おうと思っていた。

「それは本当ですか？」

「はい。ただ、現在在庫がなく、必要な素材もかなり貴重なものばかりでして……」

そう前置きしてファルドさんは薬の素材を言っていった。

ユニコーンの角、竜の鱗（うろこ）、そして最後に『神水（しんすい）』と言われる水。

「神水は私が持っているのですが、他の二つは在庫がありません」

「……ユニコーンの角に竜の鱗」

小さく呟きながら『便利ボックス』の中を覗く。

竜の鱗はシャファルのものがあるが、ユニコーンの角はなかった。

しかし、従魔の中にユニコーン族がいるのでなんとかなるかもしれない。

俺はユニコーン族の族長であるレニアさんへ念話を飛ばした。

(どうしましたか、ラルクさん?)

(すみませんがユニコーン族の角を分けてくれる方っていませんか? どうしても必要なんです)

(角ですか……生え変わりで抜けたものでしたら、私のをお渡しできますが……)

一旦念話を止めて、ファルドさんに生え変わりで抜けた角でも大丈夫か聞く。それでも構わないとのことだったので、ファルドさんと共にすぐにレニアさんの元へ向かった。

「渡すのはいいのですが、何にお使いになるのですか?」

「実は――」

義父さんの病について話すと、レニアさんは悲しそうな表情をした。

「分かりました。そういうことでしたら、私も快く渡すことができます。無事、グルド様をお助けください」

「ありがとうございます」

角を受け取り、研究所に戻る。そして調合をファルドさんに任せ、俺は邪魔にならないように外で薬ができるのをひたすらに待った。

どれくらい時間が経っただろうか。

「ラルク君……」

「ゼラさん……」

気付けば、心配した顔つきのゼラさんが目の前に立っていた。そして俺を優しく抱きしめる。

「大丈夫よ。ファルドは絶対薬を作ってくれるわ。あの子が今まで失敗をしたのは人間との関係だけだから」

「こらこら、ゼラ。私は人間関係を失敗したことはないよ。ただ少しだけ、拗れただけだ」

その声にバッと顔を上げて振り向くと、疲れた顔をしたファルドさんが立っていた。

「ラルク様。薬は無事にできましたよ」

「ありがとうございます！」

俺は薬を受け取り、すぐに義父さんの部屋に向かった。

部屋の中には苦しそうにベッドに横になってる義父さんと、その手を握っている義母さんがいた。

「ラルク君……」

「義母さん、もう大丈夫です。薬が用意できました」

俺は義父さんの口に薬を少しずつ流し込んだ。これで大丈夫なはずだが……

すると、義父さんの呼吸が段々と安定してきた。だが、まだ目を覚まさない。

それから数時間、俺達は義父さんの看病を続けた。

額に乗せている冷たい濡れタオルが温くなったら新しいものに替える。何度目になるか分からなくなってきた頃、義父さんの目がゆっくりと開いた。

「ラルクがなんでいるんだ？」

「義父さんッ！」

「うっ！」

俺は涙を流しながら義父さんに抱き着いた。義母さんも横で泣いている。

「……どうやら、心配かけたみたいだな、すまなかった」

「うん、すごく心配したわ」

「俺もすごく心配したよ」

俺達は家族三人で抱き合った。

義母さんが一旦退出したあと、義父さんが話しかけてくる。

「『神秘の聖光』は使わなかったんだな」

「最終手段としては考えてたんですけど、薬があるならそれで治そうと思ったんです。少し前にレティシアさん達が襲われたときから、慎重に使おうと思いまして……」

「なるほどな。その判断は正しいと思うぞ。あの魔法は月に一度しか使えないからな」

その後、義父さんはまだ目覚めたばかりで疲労が残っているようで水分補給をして眠りについた。

◇

義父さんが倒れてから一週間が経過した。俺は現在、まだ調子の悪い義父さんに代わって領地を運営している。俺、義父さん、義母さんと話し合って決めたことである。

ヴォルトリス領はいいところだが、ファンルードと比べると少し建物とかがボロボロだ。

そのことをベッドで療養している義父さんに打ち明けると、難しい顔をされた。

「現実世界とラルクの世界を比べられてもな……あそこは天候さえも操れるんだろ？」

「それはそうですけど、家の造りとかちょっと心配になるレベルのところもあって……」

「ふむ……まあラルクの好きなようにしてもいいぞ。今はラルクが領主代行だから、お前がいいと思う町づくりをすればいいさ」

「そうですね。分かりました」

義父さんのアドバイスを受け、俺は自分の持っている全ての力を使ってヴォルトリス領を良くしようと動き始めた。

最初に行ったのは老朽化した家の建て直しだ。

ヴォルトリス領の城下町の中には、築何十年というレベルの家がたくさんある。そういう家屋はところどころ壊れている部分もあって心配だったんだよな。

ということで、材料はこちらで用意するので家を建て直させてくださいと領民にお願いする。

彼らは全員心優しく賛成してくれた。

「流石に全ての家を建て直すのは無理なんじゃないですか？」

俺の計画を聞いた義母さんは心配そうに言ったが、俺は心配いらないと答える。

「大丈夫ですよ。俺の世界には働き手がたくさんいますから」

今回の仕事にはファンルードのみんなの手を借りることにしていた。

家の建て直しは最初の一歩で、その後は道路や各町への道の整備もする。水不足だという村には新しく川も作る予定だ。とにかくヴォルトリス領をより良くするためには労を惜しまない。

そして一週間程度で全ての作業が終わり、領地は見違えるようになった。

ベッド生活から解放された義父さんは、城下町の景色を見て呆れた顔でため息を吐く。

「全て任せるとは言ったが、ここまでするか普通……」

「義父さんがもう無理をしないように頑張りました。聞きましたよ義父さん、自分の病気のことを知っていたんですよね？　それなのに忙しさにかまけて治療しようとしなかったからあんな大事になったって義母さんが怒ってましたよ」

「うぐっ……」

痛いところを突かれたのか、義父さんはそれ以上俺に文句は言うことはなかった。

さて、義父さんの病気と領地の問題、二つのことが解決してとてもめでたい。

これは何かお祝いをせねば、と思って俺は義父さんと義母さんにある提案をした。

「『天空城パーティー？』」

「はい。色々あってファンルード内に天空城があるんです。で、快気祝いも兼ねてそこで過ごしたらどうかと思いまして。義父さん達の新婚旅行もまだですし、どうですか？」

「ちょっと待てラルク。天空城って、御伽噺（おとぎばなし）とかに出てくる空の上に浮かんでる城のことか？」

「そうですよ」

義父さん達は顔を見合わせて呆れた顔をしたあと、パーティーに参加すると言ってくれた。

◇

数日後、パーティーの準備ができたので義父さんと義母さんを連れてファンルードに向かう。

ファンルードに着くと、俺達を天空城まで運んでくれるドラゴンが待っていた。その中には竜の姿に戻ったシャファルもいる。

「竜に乗って行くのか？」

目をキラキラさせて尋ねる義父さんに頷いて応えると、赤いドラゴンを選んで騎乗した。

義母さんは少し空を飛ぶのが怖いと言っていたので、義父さんと同じ竜に乗ることに。俺はシャファルの背に乗った。

そして天空城を目掛けて飛び立つ。空の旅はとても素敵なものだった。

天空城に着くと、たくさんの従魔達が集まっていた。ちなみに、城内はパーティー会場仕様だ。

「あっ、ファルドさん！」

会場を義父さん達と歩いていると、ファルドさんの姿を見つけたので呼びかけた。

ファルドさんは俺達に顔を向けると、他の従魔との話を終わらせてこちらにやってくる。

「ラルク様、少し早い到着ですね」

義父さんにファルドさんの紹介をすると、義父さんは頭を下げながら言う。

「薬、助かった。ありがとな」

「いえ、私はラルク様に頼まれて作っただけですから。お役に立てたようで私も嬉しい限りです」

ファルドさん以外の従魔とも挨拶しているうちに、パーティーが始まった。どんちゃん騒ぎというより、軽食をつまみつつ景色を楽しむといった内容だったが、とても賑やかで楽しいものだった。

◇

「ずるいよ。この領の発展にラルク君の力を使うなんてッ！」

パーティーの翌日。ヴォルトリス領で義父さんと一緒に仕事をしていると、アルスさんは「僕は怒ってますよ」といわんばかりにムスッとした顔で部屋に入ってきて、そう言ってきた。

「別に使ったっていいだろ」

「それはそうなんだけど、ヴォルトリス領がこの国で一番発展している町なのが納得いかない！」

アルスさんはそう言って、こちらを向いた。

「ラルク君～。王都の建物も改築をお願いしてもいいかな～」

「別にいいですけど、全ての住民に許可を取る必要がありますよ。王都は老舗の商店や歴史的価値の高い建物がたくさんありますし、難しいんじゃないでしょうか」

「……」

アルスさんはガクッとうなだれたあと、「ところで」と話を変えてきた。

「公共事業以外には何をやったの？」

「えっと、働き口がないと言っていた人達に他の村の警備の仕事や畑仕事をお願いしました」

「えっ、でも距離が結構離れてるよね？」

「そうですね。だからファンルードで育てていた馬をこちらに持ってきて移動手段として使ってもらっているんです」

「えぇっ⁉　ファンルードの馬を⁉」

以前ファンルードに来た際に育成中の馬を見ていたアルスさんは、興奮したように言った。ファンルードの馬はこちらの世界の馬より体格が良くて体力とスピードも桁違いなんだよな。

アルスさんはズイッと顔を寄せてくる。

「二頭、いや一頭でもいいから僕も欲しい」

「いいですよ。アルスさんに似合う馬を選んでおきますね」

「本当に⁉　ありがとう！」

その後、アルスさんは急に現れた王都の兵士さん達に捕まって自分の城へ連行されていった。ナチュラルに登場したけど、あの人王様なのにフットワークが軽いよな。

◇

その後も領主代行として働くこと――実に二ヶ月。

「……俺の知ってる町並みじゃないんだが」

そう呟いたのは、とんでもなく発展したヴォルトリス領を丘から見下ろす義父さんだった。

「まあ、二ヶ月も経てばこれくらいは変わりますよ」

「……まあいいか。ラルクに任せて良かったよ」

それから屋敷に帰宅して自分の部屋に入ると、俺宛の手紙が届いていた。

「……あっ、テストがあるのか！」

その手紙は学園からのものだった。そろそろ定期テストがあることをすっかり忘れていた。

丁度いいかな、と思い俺は王都へ帰還することにした。

13　プレゼント

王都に帰ってきたあと、俺は慌ててクラスメートのみんなを集めてどんな勉強をしていたのか聞きまくる。幸い、テスト範囲は予習済みのところだったため助かったよ。

そして恒例の勉強会をしてからテストに挑んだが……今回はオール満点を逃してしまった。ただ、学年一位の座は譲らなかったので安心した。

テスト返却後は冬休みとなる。今学期は学園に全然来なかったからあんまり実感がないな。

冬休みは、結局ヴォルトリス領に帰ってきた。まだ仕事が残っていたからね。

「ラルク、調子はどうだ？」

「順調ですよ」

仕事を再開して一週間ほどが経った頃、義父さんが俺の仕事部屋を訪ねてきた。

「そういえば、もうすぐラルクの誕生日だな」

「あ～、そういえばそうでしたね。仕事が忙しくて意識してませんでした」

「今年は成人を迎えるし何か贈りたいんだが、欲しいものはあるか？」

「う～ん……仕事をしながら考えてみますね」

そう言うと、義父さんは頷いて部屋を出ていった。

プレゼントか……何がいいかな？　と考えながら仕事をしていると、今度は執事さんが入室してきた。お客が来ているとのことだったのでリビングに行くと、アスラ達がいた。

「あれ、みんなどうしたの？」

「どうしたのって、心配で来たんだよ。ラルク君、また無理してないかって」

「大丈夫だよ。ここだと、執事さんやメイドさんから見張られているからね。夜遅くまで仕事しようにも止められるから」

俺は椅子に座ると、みんなの最近の活動について聞いた。最近は他の冒険者が休みがちで、依頼が滞っているらしい。フィアさん達は早く俺に帰ってきてほしいと言っているとのこと。

「多分あと数日したら帰れるから、申し訳ないんだけどもう少し待っていてくれる？」

アスラ達は「了解」と言って帰っていった。

◇

それから数日後、ようやく仕事が一段落したので宣言通り王都に戻ってきた。

戻ってきたその日はいろんな人に挨拶回りをし、翌日から冒険者活動を再開する。

まずやることは王都の都市内の問題解決だが……

「……多すぎじゃないかな」

あまりにも依頼が溜まっていたのでうんざりしていると、アスラが苦笑いしながら言う。

「まあ、仕方ないよ。この季節はみんな故郷に帰っているからね」

「そういえば、ドルトスさん達もいないね」

「キド君達と一緒に故郷の村に行ったみたいだよ」

キドはドルトスさんの弟子みたいなポジションの冒険者だ。里帰りしているのなら仕方ないか。

俺は覚悟を決めて、その日から数日間は問題解決のために王都内を走り回った。俺達だけではキツいので従魔達にも協力してもらい、なんとか三日間で全ての依頼をこなすことができた。

翌日、拠点で作戦会議をする。

「今日から普通の依頼を受けられるようなったけど、すでに外は雪が降り始めてるし、どうする？」

「う〜ん……どうしようか」

せっかく自由になっても、この季節は動き辛い。無理に出ても事故に遭う可能性もある。

「しばらくファンルードで生活しようか？　向こうは暖かいし」

みんなが賛成したので、俺達はファンルードで冒険者活動することにした。

ファンルードに入り、まずは武器のメンテナンスのために武具職人のフォルノさんの店へ向かう。

「おっ、久しい顔ぶれだな」

店に行くと、フォルノさんが温かい笑みと共に迎えてくれる。

俺達はフォルノさんに挨拶し、全員の武器や防具のメンテナンスを頼んだ。

「ふむ、この数を見るなら三日くれないか？」

「分かりました。それでは、三日後に取りに来ますね」

フォルノさんの店を出て、みんなと一緒に少しだけ中央都市を散策する。少しの間来ないだけで、中央都市はまた発展していた。そのうち車とかが走りそうだ。

アスラは町を見渡しながら口を開く。

「それにしても本当にこの世界ってすごいよね。どうやって都市計画を立てているの？」

「俺も任せきりだから詳しくは知らないんだけど、多種族の代表が会議で意見を出し合うんだ」

歩いていたら少しお腹が減ってきたので、中央都市でも人気のお店に入って食事することにした。

ファンルードでしか食べられない珍しい料理を味わって、アスラたちは嬉しそうだった。

最後に、最近やっと市販できるようになってきたチョコを使ったデザートが出てくる。すると、レティシアさんとリンが俺とアスラの分も一気に食べてしまった。

「……」

アスラはこの上なく悲しい顔を見せたので、俺は慌ててフォローする。

「あ、アスラ。あとで用意してあげるから」

「ありがとう……」

食事のあとはまた中央都市の散策に戻り、いろんな店を見て回る。

そのうち日が暮れてきたので、本日泊まる温泉宿にやってきた。

部屋に荷物を置き、温泉へ入りに行く。

「おっ、ラルクさんお久し振りです」

「お久し振りです。ラルクさん」

露天浴場では、ファンルードの住民からからそんな風に挨拶された。せっかくなので、彼らに最近の暮らしについて話を聞いてみる。

「そりゃ、最高ですよ。この世界に来て本当に良かったと思います」

「私も同じ気持ちです。娘もこの世界に来てから毎日楽しそうにしています」

そんな会話をしていたら、一緒に温泉に入りに来たアスラがこんなことを言ってきた。

「ラルク君、なんだか神様みたいだね」

「いや、そんなことないと思うけど……」

ファンルードの創造主ではあるけれど、神様みたいな力は持っていないし。

温泉に入ったあと、宿に戻る。窓から景色を見てゆっくりしていると、別室のレティシアさん達が遊びに来た。「眠くなるまでゲームしよう」と言われたので、俺達はボードゲームを眠くなるまで遊び通したのだった。

◇

三日後。メンテナンスが終わった装備をフォルノさんから受け取り、俺達の実力に見合ったこの世界の迷宮に潜ることに。

ファンルードの迷宮は、ラグマンさんが強化してくれたことで素材の宝庫だった。質のいい鉄やレア鉱石がじゃんじゃん採れる。

こうして、たった半日迷宮探索しただけで、外の世界で換金すれば一ヶ月近く暮らせるほどの素材を回収することができた。しかし、こちらの迷宮で得たものは極力こちらで換金（もらうのはポイントだが）することにしている。ということで俺達は迷宮の近くにできた迷宮都市で素材を売却し、温泉宿に帰還して温泉に入り体の疲れを取った。

それからまた三日が経過する。そろそろ俺の誕生日だ。

義父さんが言っていた『俺の欲しいもの』を伝えるため、この日はみんなに断りを入れてヴォルトリス領の屋敷へ行く。あれから色々考えていたんだよな。

屋敷に着いて義父さん達と数日振りの挨拶を行い、俺は欲しいものについて義父さんに伝えた。

それは、〝家族でお揃いの何か〟だ。

「〝何か〟って……なんでもいいのか？」

「はい。アクセサリーでも剣でも、なんでもいいので義父さんが考えてください。あと、誕生日の当日は夕方からの予定を空けておいてくださいね。もちろん、義母さんもですよ」

二人は頷いたあと、泊まっていけばと言ったのでこの日は屋敷で寝ることにした。

日課のお祈りをしてベッドに横になり、ウトウトしていたらシャファルから念話が飛んでくる。

（ラルク。ちょっといいか？）

（……んっ。シャファル、どうかした？）

何やら大事な話らしいので、直接話すことにしてシャファルを部屋に呼び出す。

シャファルは珍しく真剣な顔つきをしていた。

「どうしたのシャファル？」

「うむ、我はある一定期間長い眠りにつくことはラルクも知っておるだろう？」

「うん。成長するタイミングとかの関係でしょ？」

「そうじゃ。もうしばらくしたらひと眠りするつもりであるから、前もってラルクには知らせておこうと思ってのう」

「なるほど……了解。シャファルがいない間のみんなのことは任せて」

「うむ。ゼラや他の者もいるから我としても安心じゃが、何かあれば叩き起こしてくれても構わぬ。従魔契約とは別のほうの繋がりで、お主が危険な状況になれば我は起きるからの」

「分かった」

シャファルは具体的な眠りにつく期間を俺に伝え、ファンルードへ帰っていったのだった。

◇

翌日。朝食を食べたあと、義父さん達に見送られながらファンルードに帰った。

みんなと再会すると、だしぬけに「天空城に行きたい」と言われたので、ゼラさんにお願いして城へと移動する。

「やっぱり、ここからの景色って最高だね」

天空城の縁から大地を見下ろし、アスラが言った。その言葉にレティシアさんとリンも同意する。

「俺は二番目かな」

俺が言うと、アスラがこちらを向いて尋ねた。

「一番はどこなの？」

「あれ、みんなを連れていったことってなかったっけ？」

考えてみたが、記憶にない。

俺はシャファルを呼び出し、一番気に入っている景色が見られる山まで連れていってもらった。

「「「わぁ～」」」

一番いいタイミングは夕暮れなのだが、その他の時間帯でもここからの景色は最高である。

みんなはその景色を見て感動していた。

しばらく山からの景色を楽しんだあと、中央都市へとやってきて少し買い物をした。

その後、俺は数日後の誕生日会の準備をするため、みんなと別れて一人で行動する。

ちなみに、義父さんと俺は同じ誕生日だ。そのため、義父さんが俺に用意するように、俺も義父さんのためにプレゼントを用意しなければならない。

「誕生日会の場所は義父さんも気に入ってる温泉宿でいいとして、プレゼントだな……」

義父さんへのプレゼントはやはりサプライズで用意したいと思っているので、昨日も聞かずに戻ってきた。だけど、義父さんの欲しがりそうなものってなんだろう……

迷いながらブラブラしていると、いつの間にかフォルノさんの店先へ来ていた。

義父さんとフォルノさんは昔からの友人なんだよね。何かヒントをくれるかもしれない。

そう思い、俺はフォルノさんの店に入る。

「あの、フォルノさん。今、大丈夫でしょうか？」

「んっ？　ああ、大丈夫だぞ。何かあったのか？」

「いえ、大したことではないんですが……」

前置きして、義父さんの欲しがりそうなものについて聞いてみる。

「ラルクがやるものだったら、あいつはなんでも喜ぶと思うぞ？」

「そうは言っても、心から欲しがってるものをあげたいんですよね」

「う〜む、だったら手作りで何か作ってやったらどうだ？　今の季節ならマフラーとか」

なるほど……名案かもしれない。

「ありがとうございます。そうしてみます」

お礼を言って店から出て、さっそく毛糸が売っている店に向かった。

毛糸を購入後、裁縫が得意なエマさんのところへと行きマフラーの編み方を教えてもらう。『裁縫』のスキルはあるんだけど、マフラーの編み方はよく知らなかったんだよね。

エマさんは喜んで協力してくれ、当日までになんとか完成させられたのだった。

誕生日会当日。人数は少なめでお祝いしたいと義父さんから言われたので、王家の人達と俺のパーティメンバー、それとシャファルバーク家の皆さんだけを呼び少ない人数で会を開いた。

「おめでとう義父さん」

「おう。ラルクもおめでとう」

俺と義父さんは互いにお祝いの言葉を言って、義父さんからプレゼントをもらった。

俺はもらったプレゼントを脇に抱えながら『便利ボックス』からマフラーを取り出して渡す。

「これ、ラルクの手作りか？」

「そうです。エマさんに教わりながら作ったんですよ」

「おぉ、ありがとう。ラルク」

義父さんはさっそくマフラーを自分の首に巻いて、すごく喜んでいた。

それから俺達は誕生会を楽しみ、参加者の人達にはファンルードの宿に泊まってもらった。

そして翌日、参加者の人達をそれぞれ送り届けたあと、義父さんとゆっくり風呂に入りながら久し振りに親子の会話をする。

「しかし、こういう今があるのは出会ったときにラルクが俺のことを頼ってくれたからだよな」

「俺がこうして生きていられるのは義父さんのおかげですよ。ありがとうございます」

照れくさいと思いつつ感謝の言葉を伝えたら、義父さんは突然泣き始めた。

「俺こそ、ラルクと出会えて今があるんだ。ありがとうラルク」

「……なんだか最近、涙もろくなりました？」

「……ラルク、こういうときにそれを言うか？」

俺と義父さんはお互い顔を見つめ合い、同時に笑い合った。

風呂から出て、義父さんと義母さんを領地に送る。そしてファンルードに戻り、みんなと一緒に再び迷宮へ向かった。

ファンルードの迷宮はたくさんあり、攻略難度が細かく分かれている。

俺達は自分達に合った迷宮を選んで攻略し、弱く感じるようになったら次の難度の迷宮の探索をした。その結果、俺達は短期間でものすごく成長することができた。

「やったぁ～、レベル85になったよ！」

レティシアさんは自分のレベルが上がったことに喜び、ピョンピョンと飛び跳ねていた。

また、リンとアスラもすでにレベル85を超えており、アスラに至ってはあと1レベルでレベル90となるところまで成長していた。

「それにしても本当に、このファンルードの迷宮はいいよね。たくさんあって、常に自分達と互角にやりあえる魔物がいるからレベルが上げやすいよ」

アスラが言うと、レティシアさんとリンも「うん。そうだよね」と同意した。

「そういえば、ラルク君のステータスはどんな風になってるの？」

「えっと……」

『鑑定眼』で確認し、紙に書き写す。

【名　前】ラルク・ヴォルトリス
【年　齢】15
【種　族】ヒューマン
【性　別】男
【状　態】健康
【レベル】１４８（＋36）

【ＳＰ】1470（＋360）
【力】13358（＋2891）
【魔力】15970（＋3473）
【敏捷】14283（＋3179）
【器用】11969（＋2611）
【運】51
【スキル】『調理：5』『便利ボックス：3』『生活魔法：3』『鑑定眼：5』『裁縫：3』
『集中：5』『信仰心：5』『魔力制御：5』『無詠唱：5』『合成魔法：5』
『気配察知：4』『身体能力強化：5』『体術：4』『剣術：5』『短剣術：3』
『毒耐性：1』『精神耐性：4』『飢餓耐性：1』『火属性魔法：5』
『風属性魔法：5』『水属性魔法：4』『土属性魔法：4』『光属性魔法：5』
『闇属性魔法：4』『雷属性魔法：5』『氷属性魔法：3』『聖属性魔法：4』
『無属性魔法：3』『錬金：4』『マッピング：5』
【特殊能力】『記憶能力向上』『世界言語』『経験値補正：10倍』『神のベール』
『神技：神秘の聖光』『悪・神従魔魔法』『召喚』『神技：神の楽園』
【加護】『サマディエラの加護』『マジルトの加護』『ゴルドラの加護』

『ヴィストルの加護』『デーラの加護』『ラグマンの加護』
【称号】『転生者』『神を宿し者』『加護を受けし者』『信仰者』『限界値に到達した者』
『神者』『教師』『最高の料理人』『炎魔法の使い手』『雷魔法の使い手』『剣士』
『戦士』『鑑定士』『風魔法の使い手』『光魔法の使い手』

「「「……」」」

みんなは俺のステータスを見て言葉を失っていた。

「ラルク君の上がり幅は本当におかしいね」

アスラが言うと、レティシアさんとリンもウンウンと頷いていた。

14 王達の頼み

現実世界の厳しい冬も大分落ち着いてきた。

結局、冬の間は自由自在に天候も操れるファンルード内でずっと過ごしていた。

ファンルードの住民から「冬の季節を味わいたい」という意見もあって、たまにだが雪を降らせたこともあった。そのときはパーティのみんなと雪合戦したり、雪だるまを作ったりした。

あとは冬祭りもやってみたっけ。

そのときは、普段現実世界で暮らしている義父さん達も呼んで、最後はみんなで冬の温泉に入り、冬の季節を楽しみつくした。

冬休みが終わり、学園に登校した俺は冬の間のことをみんなに話した。

その話を聞いたみんなは、羨ましそうな顔をして誘ってほしかったと口を揃えて言った。

「ごめんごめん。せっかくの休みだから、家族で過ごしたいだろうと思って誘わなかったんだ」

次、何かするときはちゃんとみんなも誘おう。

放課後、帰宅の準備をしているとリアが話しかけてくる。

「ラルク君。お父様がラルク君と話があるって言ってたんだけど、今日って予定空いてる？」

「アルスさんが？　今日は冒険者活動は休みにしていたから大丈夫だよ」

そう返事をし、リアと共に城へ向かう。

城の中でリアと別れてアルスさんのいる部屋に行くと、救いの神が現れたみたいな顔をされた。

……何か、頼みごとがある感じだな。

「アルスさん、リアから来るように言われて来ましたけど、どうしましたか？」

「いや、その、実はね……」

アルスさんは言いにくそうに話し始めた。

ここ最近アルスさんは仕事の疲れが溜まりに溜まっていたそうで、先日、我慢の限界に達して〝また〟仕事を放棄して遊びに出かけていたらしい。

毎度のことながらすぐに兵士さんに捕まり城に戻されたのだが、今回はいつもと違っていた。

「エマがね。口を利いてくれないんだ……」

アルスさんはここ数日間、エマさんから無視されているらしい。

何度も脱走騒ぎを繰り返され、エマさんも今度という今度は堪忍袋(かんにんぶくろ)の緒(お)が切れたようで、アルスさんを完全にいない者として扱っているのだとか。

「……まあ、完全にアルスさんが悪いですね」

「いや、その……はい。その通りです」

ジト目で見つめた俺に対し、アルスさんはしおらしくそう言った。

その後、エマさんがどのくらい怒っているのか、こっそり様子を確認しに行く。

その結果、ちょっと文章では伝えられないくらいの怒りのオーラを放っているエマさんを目にしてしまった。下手に話しかけたら命を落としてしまう可能性まで感じた。

俺は頭を抱えながら、ソファーで泣いているアルスさんを見つめる。

「どうしてあそこまで怒らせてしまったんですか……」

「うう、ここまで大変なことになるなんて思わなかったんだよ～」

子供のように愚図(ぐず)るアルスさんに俺はため息を吐き、どうしようか考える。

このままだと、最悪離婚の可能性も出てくる。

そうなったらリア達は悲しむだろうし、もちろん俺も悲しい。

そんな結末を迎えないためにも、エマさんのご機嫌をなんとかして取らないといけない。

「そういうわけでリア、何かいい案はない？」

少し考えた結果、俺は自分だけの解決を早々に諦め、リアをこの件に巻き込むことにした。

「……お父様のこんな姿、見たくなかったな」

リアは父親に向けるものとは思えないほどの冷たい視線をアルスさんに送った。

そのあと、ため息を吐いて頭を捻りだす。

「う～ん、贈り物はこの間私が別件のご機嫌取りで裁縫道具をあげちゃったし……」

リアはウンウンと悩んでいたが、ふと俺の顔を見て「旅行」と呟いた。

「お母様、最近お父様のことで頭を悩ませることが多くて、ゆっくりとした時間を過ごしたいって言ってた」

「……なるほど。それでエマさんを旅行に連れて行ってあげるってわけか」

「うん。それに結局お母様はお父様が大好きだから、二人きりで旅行したら自然と仲直りできると思うの」

それは良さそうだ。さっそくエマさんとアルスさんを旅行に行かせるための準備に取りかかろう。

一国の王と王妃を旅行に行かせるのはなかなかに難しい。特にアルスさんは普段仕事を放置する癖があるため、仕事が溜まりに溜まっていた。

「アルスさん、俺も手伝うので全て片付けますよ」

「うう、ありがとう。ラルク君～」

「ラルク君、私も手伝うよ」

俺とリアはアルスさんの仕事を分担して片付け、なんとか自由な時間を作ることができた。

エマさんは普段から計画して仕事をするタイプなので、調整にそれほど時間はかからなかった。

その後、アルスさんは「自由な時間ができたから二人で旅行に行こう」とエマさんを誘った。

最初はその誘いを無視していたエマさんだが、何度もしつこく誘うアルスさんに根負けして二人は旅行へ出かけたのだった。

そして数日後……

「ラルク君、リア。本当にありがとう」

リアに呼ばれ城に行くとアルスさんからお礼を言われた。隣にはエマさんもおり、二人の仲は元に戻ったみたいだ。

「いえいえ、お二人がまた仲良くなってよかったです」

「まあ、また同じ過ちをしたら二度と許さないけどね」

笑顔でそう言うエマさんに対し、アルスさんは「あはは」と乾いた笑みを浮かべた。

◇

それから数日後。家で勉強をしていると、玄関の呼び鈴が鳴った。

誰だろうと思い玄関に行くと、呼び鈴を鳴らしたのはイデルさんだった。

「久し振りですね。イデルさん」

「ああ、久し振りだなラルク。丁度、王都に用事があったから寄らせてもらったんだが、飯はもう食べたか？」

「いえ、もう少ししたら準備しようかなと思っていましたけど、良かったらイデルさんの分も作りましょうか？」

「その提案は嬉しいが、今回はちょっと飯屋に行かないか？　もちろん、俺の奢(おご)りだ」

断る理由もないので、イデルさんと共に家を出て飯屋へ向かう。

イデルさんはすでに予約をしていたらしく、店に到着するとそのまま奥の部屋へと案内された。

案内された部屋には、一人の男性が座っていた。

「ラルク。こいつは俺の友人のレグルスだ」

「初めまして、レグルスです」

「初めまして、ラルクです」

挨拶されたので挨拶を返すと、イデルさんから座るように言われ、席に座った。

店員さんが来たので一通り料理を注文したあと、俺はようやく尋ねる。

「イデルさん、俺はなんでこの場に呼ばれたんですか？」

イデルさんはその質問には答えず、レグルスさんに話しかけた。

「レグルス。お前がラルクと繋いでくれって言ったんだろ？　自分からちゃんと頼めよ」

「食事の前に話していいか迷っていたんだよ。でもやっぱり、先に話したほうがいいみたいだね」

レグルスさんはそう言うと、俺を呼んだ理由について話し始めた。

「実は僕、レコンメティス国に隣接している小さな国、ハルビア国の王子なんだ」

「ハルビア国……確か鉱山がたくさんある国でしたっけ？」

「よく知ってるね。まあ、逆に言えばそれだけしか取り柄のない国なんだよね」

レグルスさんは自嘲気味に言うと、一度水を飲み話を続けた。

「ハルビア国は現状、鉱石のおかげで生き残ってる貧乏国。もうあとには没落の未来が待っている状態なんだけど、そんなときに僕のところにラルク君の噂が流れてきたんだ」

「俺の噂ですか？」

首を傾げたら、イデルさんが補足してくれる。

「ほら、ラルクがヴォルトリス領の領主代行をしたときのことだ」

「あ〜」

なんとなくレグルスさんの頼みがなんなのかを理解した。

「俺に国の再建をしてほしい、ということですか？」

「そう。そこまでいかなくても、ハルビア国の今を良くしてくれたら助かるかな」

「……なるほど、分かりました。ですが俺の一存でそれは決められません。一度アルスさんに相談してからでいいでしょうか？」

そう言うと、レグルスさんは「それで構わない」と答えた。

それにしても、イデルさんって王族とか貴族の友人が多いよな……

そんなことを考えながら、俺はやってきた料理を食べた。

翌日、アルスさんの元を訪れた俺は昨日のことを話した。

「なるほど、ハルビア国のことは僕も知っていたけど、まさかそこまで苦しくなってたとはね……」

「援助とかはしていたんですか？」

「同盟国だから多少はね。でも流石に多額の援助となるとこちらの利益なしには難しいからね」

「まあ、国同士のことですからね」

アルスさんは意外にもあっさりと許可を出した。

「いいんですか？」

「ラルク君個人が手伝う分には大丈夫だよ」

「流石に同盟国が消えそうになっているのなら助けないとね。それに、あの国で採れる鉱石は質がいいんだ」

「なるほど、レコンメティスとしてもあの国を立て直したら利益があるんですね」

「そういうことだよ」

アルスさんは笑みを浮かべて言った。

その後、イデルさんとレグルスさんが滞在している宿に行き、レグルスさんにアルスさんとの話を伝える。

「レコンメティス王は許可してくれたんですね……」

レグルスさんは安心したように呟いた。

具体的に作業する日程を話し合った結果、手伝いに向かうのは学園を卒業してからということになった。卒業後の楽しみが一つできたな。

15　新生活

「ラルク君。そっちの準備は終わった？」

「順調だよ。今、リア達が追加の材料を取りに行っているところ。レック達のほうはどう？」

「こっちも大丈夫だよ」

レグルスさんとの話し合いから数日後。

俺は学園卒業までの思い出作りのためにクラスメート達と一緒にあることをしようと考え、準備をしていた。

「それにしても、よく数日でここまでできたよね」

「みんなが頑張ってくれたおかげだよ」

「ラルク君～、追加の材料持ってきたよ～」

リアは走って俺達の元へ来ると、クラスメートのセーラとカグラと共に持ってきた材料を地面に置いた。

今回俺達がやろうとしているのは、住宅街に少しばかりの土地を購入し、みんなで家を建てようというものだ。これは「みんなで何か作ったら面白そうだよね」というレックの提案によって立てられた計画である。ちなみに、土地はラックさんに紹介してもらったものを割り勘して購入した。

「でも、この広い土地を金貨三枚って本当に安いよね」

俺の言葉にレックが頷く。

「うん。でも父さんに聞いたら、そもそも立地があんまり良くないから地価が安いんだってさ」

「なるほどね。まあ、確かに少し路地裏すぎるもんね」

俺はそう言いつつ、リア達が持ってきた材料を綺麗に並べて『風属性魔法』で均等に切り、みんなに指示を出しながら組み立てを進めていく。今回の家の設計図は、家づくりに長けている鬼人族の人から書いてもらっていた。

家づくりは、放課後や休日に手が空いているクラスメートが少しずつ進めていく。俺も、冒険者活動が休みの日は積極的に組み立てていった。

何週間もかけ、俺達はなんとか卒業前に家を完成させた。

「ふぅ～、みんなお疲れ様～」

完成した家の中で俺が言うと、みんなも「お疲れ様」と言い合っていた。

完成した家はなかなかなもので、素人(しろうと)が作ったとは思えないくらいにしっかりとしていた。まあ、設計図通りにやっていたので設計図を書いてくれた職人さんの腕が良かったんだろう。

　俺達は家の中で完成パーティーを開いた。

「そういえば、ラルク君。ずっと聞いてみたかったことが一つあるんだけど聞いてもいいかな？」

　そう言ったのはセーラで、彼女の言葉にみんなもビクッと反応をした。

「リアちゃんとリンちゃんと付き合って、もう大分長いよね？　結婚式ってもう考えてるの？」

　いきなりの質問だったので飲み物を噴（ふ）きかけたが、なんとかこらえる。

　この世界では、成人と同時に結婚することが一般的だ。また、多重婚も認められている。俺もこの間の誕生日で成人になったたし、変なことではないのだが。

「あ〜、うん。実は、卒業式が終わったら結婚するつもりだよ」

「う、うん。本当はもうちょっと早くに言いたかったんだけど、色々あって話せなかったんだ」

　俺とリアがみんなに答えた。実を言うと、結婚の話は随分と前から持ち上がっていたんだよな。言うタイミングを逃していただけで。

　俺とリアの言葉に、みんなは「わ〜」と興奮し、式には絶対に列席すると言ってくれた。

　ちなみに数日後、いつの間にか俺達が結婚することが広まっていていろんな人から「おめでとう」と言われるようなった。

「それでは、学生代表の言葉をお願いします。学生代表ラルク・ヴォルトリス君」

「はい！」

とうとう卒業式当日を迎えた。

名前を呼ばれた俺は、綺麗な姿勢を意識しつつ登壇し、学園長と向き合う。そして代表の言葉を述べ、学園長からお祝いの言葉とこれからの人生を頑張るようにと励ましの言葉をもらった。

式はつつがなく終了し、卒業証書をもらった俺達は会場の外に出た。外に出た俺は、義父さん、義母さん、シャファルバーク家のお爺様達に囲まれてお祝いの言葉をもらった。

その後、レック達とその親御さん、そして俺の家族を連れて帰宅し、卒業パーティーを行う。その席で俺は、楽しかった学園生活を終えたことを実感しながら、パーティーを楽しんだ。

◇

卒業式から二週間が経過し、俺はとあることで忙しい日々を送っていた。そう、結婚式の準備である。招待者の整理が特に大変なんだよな。俺を知る人物は王都中にたくさんいて、俺が結婚する

こともみんな知っているので、町を歩いていると「招待してね」とよく言われる。

「ラルク君って王女の私よりも有名だよね」

「色々とやっていたからかな……」

「冒険者、商人、教師、聖国と争いの貢献者、たくさんやっていたものね」

「まあね～」

そのとき、リンがお茶を持ってきてくれる。

「ラルク君、少し休憩したらどう？」

ありがたくお茶を受け取り、俺は少し休憩することにした。

学園を卒業したリアは、アルスさんから「今から、ラルク君と暮らす練習をしておきなさい」と言われたそうで、一週間前から一緒に暮らすようになった。リンはレティシアさんとの二人暮らしをしていたのだが、レティシアさんのお父さんであるモーリスさんが「娘が帰ってこない」と泣き始めたため、しばらく実家に帰っている。そんなわけで、リンも俺の家に帰ってきていた。

休憩中、リアと雑談する。

「そういえば、アルスさんがエマさんとまた喧嘩したってウォリス君が報告してくれたよ」

「……お父様は色々と残念な人だからね。お母様も本気で怒ってはいないと思うから、多分大丈夫だよ」

休憩後、俺は招待状を送る人々のリスト作りを再開し、一日かけてなんとか終わらせたのだった。

「さてと、式は五日後だ。リアもリンも体調を崩さないようにね」

「分かってるよ。ラルク君も怪我しないようにね」

「私達よりラルク君のほうが気を付けてよね」

「あははは、分かってるよ」

逆に心配されてしまった。

さて、式までにやっておくことは一通り終わった。気晴らしにファンルードの中央都市へリアとリンと行こうかな。

中央都市へ行くと、いろんなところに俺達の結婚を祝福する紙が貼られていた。

「わぁ、どこも私達へのお祝いのメッセージがあるね」

「そうだね本当にこの世界のみんなは優しい人達ばかりだよ」

俺は温かい気持ちになりながらデートを続けた。

◇

「ラルク君。式に招待してくれてありがとう」

「こちらこそ、来てくれてありがとう。それにラックさん達もありがとうございます」

リストを作り終え、招待状を送った四日後。いよいよ明日が結婚式だ。

集合場所として指定した俺の家にレック達、クラスメートとその親御さんがやってきた。式の会場となるファンルードには先に、義父さん達とレティシアさん達、シャファルバーク家、レコンメティス、ルブラン、レムリードの王族が入っている。レック達が順番的には最後だ。

みんなを連れてファンルードに入り、列席者が泊まる宿に案内する。列席の方々にはゆっくりと前泊してもらおうと思ったのだ。

そして結婚式当日。俺達は朝から結婚式の最後の準備を行っていた。

「ラルク君、どうかな？」

「どう、ラルク君？」

結婚のために前々から準備をしていたドレスに着替えたリアとリンは、着替えが終わって待っていた俺のところへとやってきてドレスを見せてくれた。リアの衣装は赤を基調とした宝石で装飾されたドレスで、リンは青色が映える美しいドレスだった。

「……二人とも綺麗だよ」

二人のドレス姿に対して素直に感想を言うと、リア達は嬉しそうに「ありがとう」と言い、化粧をするために部屋を出ていった。

「……練習のときは見てなかったから分からなかったけど、これ本番になったら俺、大丈夫かな？」

二人のドレス姿にドキドキが止まらないので水を飲んで落ち着こうとしたが、なかなか鼓動は収まらない。

すると、新郎控室にいたシャファルがからかうように言ってきた。

「そういった風に、ラルクの動揺するところを見るのは久しいの」

「し、仕方ないだろ」

「まあ、ラルクの言いたいことも分かるのう。我が見てきた女性の中でも、リア達は美しい部類に入るからの」

何万年も生きてきたシャファルが言うと、すごい誉め言葉に聞こえる。

シャファルは「まあ、なるようになるじゃろ」と言って部屋を出ていった。

……あ、そういえばサマディさん達も式に参加したいと言っていたっけ。そろそろ呼び出さないといけないな。

『便利ボックス』から俺に加護を与えてくれている神様の像を取り出して祈りを捧げる。すると、俺の目の前に六柱の神様が現れた。

サマディさん達は俺にお祝いの言葉を言うとすぐに参加者が集まる部屋に向かい、数分後に遠くのほうから騒がしい声が聞こえてきた。その声を聞いて、俺は少しだけ心が落ち着いたのだった。

「ラルクさん、そろそろ始まりますので移動お願いします」

「あっ、はい」

部屋で待機していた俺にノアさんが声をかけに来てくれたので、俺は部屋から出て会場の前に移動した。

「はぁ～、ここに来てまたドキドキが……」

緊張していると、中から神父様の声が聞こえて扉が開いた。

練習通り真ん中の道を通って入場する。そして、俺が入ったすぐあとにリアとリンがアルスさんと義父さんに連れられて入場し、俺の両隣に立った。

リア達と俺が揃うと、神父様が俺達に「永遠の愛を誓いますか」と問いかける。その問いかけに俺達は「誓います」と答え、指輪交換をした。

「リア、リン。絶対に幸せにするから」

俺はそう言って、二人と誓いのキスをした。

それから俺達は会場から出て、参加者達に見送られながら馬車に乗ったのだった。

式が上手くいったあと、予定通りにパーティー会場に集まる。そこで盛大に騒ぎ、楽しんだ。

アルスさんはお酒を相当飲んだようで、フラフラとした足取りでこちらにやってきた。

「ラルク君。絶対にリアを幸せにするんだよ。もちろん、リンちゃんも」

「はい、世界が敵になったとしても二人だけは幸せにしてみます」

「頼もしいね〜」

アルスさんは笑顔でパタンッと倒れ、エマさんがアルスさんに肩を貸して椅子に座らせた。そのあとに改めて話しかけてくる。

「リアのこと、よろしくね」

「はい」

「あと、これからはシャルルさんだけじゃなくて私のこともお義母さんって呼んでね」

「そうですね。でしたら、これからはエマお義母さんと呼ばせてもらいます」

「これからよろしくね、ラルク君」

エマお義母さんは俺は強く抱きしめて離れていった。

パーティーは深夜まで続き、そろそろお開きにしましょうというノアさんの言葉で解散となった。

泊まっている部屋に戻り、俺はリアとリンと一夜を過ごした。

……………

……………

……

翌日。参加してくれた人達を見送り、俺達は王都の家へ帰ってきた。

リビングで三人でゆっくりとする。

「……結婚したけど、なんだが今までと一緒な感じだよね」

「そうだね～」

リアの言葉に俺がそう返すと、リンが「でも、変わった点は一つあるよ」と言って俺の手を握った。それを見たリアが「あっ、ズルい！」と言って反対の手を握った。

この二人、普段は譲り合うのにこういうときは積極的なんだよな。昨日もね……

その後、朝食をとりながらこれからのことについて話し合う。

「前から言っていたけど、俺はこれからいろんな場所に行く予定があるんだ」

「結婚式が終わったら他国の発展に協力しに行くって言ってたね」

「うん。その他にも俺のお店を他国にも増やすことをラックさんと話していて、しばらくは各地を飛び回ると思う。だけど、俺はどこからでもファンルードにはすぐに帰れるんだ。だからリアもファンルードの中で暮らしてくれないかな？」

「いいよ」

リアの返事があまりにも早かったので少し驚いていると、彼女は笑顔で言葉を続ける。

「だって、こっちよりファンルードのほうが過ごしやすいし、そっちだといつでもラルク君に会えるのなら、即答するよ」

「ありがとう。とりあえず、この家にはラックさんに頼んで人が出入りしないように見張ってもらうことにするよ」

その後、俺達は王都にデートへ繰り出してそのまま外泊した。

◇

「ラルク君。最近、日に日に疲れてない？」

結婚して数日後。そろそろレグルスさんの国に行く準備もできてきた頃、学園を卒業してファンルードの新しい住人となったレックの様子を見に顔を出したらそんなことを言われた。

「そんなことないけど、ただちょっとね……」

俺が言葉を濁すと、レックはなんらかの事情を察したのかそれ以上は何も言わないでくれた。

レックはファンルード内で一流の商人になるべく頑張っているみたいだ。お互い頑張ろうと言い、レックと別れた。

今日は冒険者活動の日なのでギルドに行く。待ち合わせの時間より少し早かったので食堂で食事していると、ドルトスさん達が俺のところへやってきた。

「久し振りだな、ラルク。聞いたぞ、結婚したんだってな」

「ありがとうございます」

「しかし、俺達より早く結婚するとはな……」

「まっ、俺達には相手すらいないけどな！」

「「あははははッ」」

ドルトスさん達はやけくそ気味に笑ったあと、「おめでとう」と言ってくれた。

しばらくしてアスラ達がやってきたのでドルトスさん達と別れて、アスラ達と外に出る。

ひとしきり依頼をこなしたあと、俺は前々から言っていたもう一つの話題を切り出した。

「それじゃ、みんなにはしばらくファンルードで過ごしてもらうけど家族には話してきた？」

そう、アスラ達パーティメンバーにもファンルードで暮らしてもらうことになったのだ。

「うん。お父さん最後まで泣いてたけど、そろそろ子離れしなさいってお母さんに言われて許してもらったよ」

「僕も父さん達に話したら、ラルク君と一緒なら心配ないって言って送り出してくれた」

レティシアさんとアスラが言った。リンは当然だがファンルードの俺の家で暮らす。

「そっか、良かった。駄目だったら、次に会うのがいつになるか分からなかったからね」

俺は笑顔で言って、アスラ達をファンルードに送った。その後、イデルさんが泊まっている宿に行きレグルスさんの国に行く日を伝えた。

「そういえばラルク、結婚の報告、姉さんにはしたか？」

「あっ、まだですね。準備に頭がいっぱいで報告に行ってませんでした」

「そうか、なら今から行くか？」

「そうですね」

俺はイデルさんと共にシャファルバーク領にある母さんの墓に移動し、結婚の報告をした。

16　国作り

俺は今、イデルさんと共にハルビア王国にやってきていた。今日からこの国を立て直すべく奮闘することになる。

レグルスさんの口添えでお城に部屋を一つ借りられたので、そこを拠点として動いていく。

まず、事前に頼んでいた資料を城の兵士さんから受け取った。

「とりあえず、国にある町や村の地図を作成して、建物の建て替えの許可は全部取っておいたよ」

「ありがとうございます。これで道の舗装といった計画が立てやすくなるので、良かったです」

地図を受け取り、頭の中に記憶しておく。それから、どういった順番でこの国を発展させていくかを話し合い、翌日からさっそく動き始めた。

まずは、この国の中央にある王都に手をつけ、そのあとに他の村や町に手を伸ばすことに。

「さてと……イデルさん、派手にやりますよ」

「おう」

最初にやるのは、王都の住民の仮住居づくりだ。建て替え中に住む場所がなかったら困るもんな。

イデルさんと協力し、王都周辺の空き地を魔法で一気に整地した。そして、整地した場所にファンルードから応援を呼んで急ピッチで建物を建てる。

こうして翌日には王都の住民全員が安全に暮らせる場所ができた。

「たった一日で、こんなに立派な建物ができるなんて……」

「驚くのはまだ早いぞ、レグルス」

「えっ？」

レグルスさんは俺達の一日の成果に驚いていたが、その次にやったことにさらに驚愕した。

建物ができて三日後。全ての住民が仮住居に荷物を持って引っ越したことを確認した俺達は、シャファルやゼラさん達を呼んで一気に王都の町を破壊し、瓦礫（がれき）を排除し、更地（さらち）にしたのだ。これにはレグルスさんも町の住民も、全員口をポカーンと開けていた。

俺達は更地になった王都だった場所より数キロ離れたところまで整地し、町の建築を開始した。

壁、道路、建物、水路……その他諸々を一気に作っていく。

そして三日ほどで以前の王都よりかなり広い町を作ったのだった。

レグルスさんは終始驚きっぱなしだった。

「……これは、夢なのか？」

「いいえ、現実ですよ」

「あそこ、前まで川なんて流れてなかったよね？」

「ええ。ですので作りました。俺の仲間の力で」

「……すごいね」

住民達にも新王都を見てもらうと、レグルスさん同様に驚き、そして感動していた。

王都の建て替えを行う際に畑付きの家を作ったので、希望者に住んでもらう。畑作に不慣れな人は、ファンルードの人に教わるように言った。

続いて、各町や村への道の整備について話し合う。これが意外と大変で、誰もが納得するルートを作るのに丸一日かかった。

それからさらに三日後、全ての町への道を引き終えた。

今度は自然災害や魔物の被害への事前対処だ。土砂崩れや魔物の大量発生などが起こりうる場所に万全の対策を施しておく。

「ラルク君、土砂災害への対処と、南の森の魔物の間引きが終わったわ」

「こっちも東の鉱山付近で大量発生しそうだったゴブリンの巣の排除が終わった」

ゼラさんや他の従魔からの報告を受け、問題がないことを確認する。

続いて俺は、ラックさんに宛てて手紙を出した。

以前、ラックさんにハルビア王国のことを話したら、この国の鉱山から取れる鉱物はどれも質がいいからぜひ取引をしたいと言っていたんだよね。それからレグルスさんも交えて話し合った結果、レコンメティス、ルブラン、レムリードへの貿易ルートをドルスリー商会が仲介してくれると言ってくれることになった。

手紙を出したあと、三十分ほどファンルードの自宅で休む。

「ふぅ～、さてと少し休んだし仕事頑張りますかな」

すると、リアとリンに止められてしまった。

「駄目だよ。ラルク君?」

「ラルク君は疲労が溜まってるから今日は休むこと」

「だけど、まだ仕事の途中だし……」

「さっき連絡が来て、あとの仕事はラルク君なしでできるから今日は休ませてあげてって」

「……俺が何言おうと休ませるつもりなんでしょ？」

「「うん」」

リアとリンが同時に頷いたので、観念して俺は再び横になった。すると二人も両隣に横になったのでそのまま三人で眠った。

翌日、よく寝て体調が回復したので、リア達に「行ってきます」と言ってファンルードから出て仕事に取りかかった。

まず、建て替えの進捗（しんちょく）についての報告を受ける。現在、王都から近い町はすでに建て替えが終わり、もっと離れた町に取りかかるために仮住居を作り、人を誘導しているそうだ。

前回調べた際、この国の町や村は全部で三十ヶ所。このペースだと終わるのに一ヶ月以上かかる。

「なるほど。ちょっとペースが遅いので、人員を増やしましょうか」

ゼラさんに提案したら、彼女は首を横に振って反論する。

「こっちに人員を割くのもいいと思うけど、ファンルード内でも仕事をしている人はいるし、あんまり増員はできないわよ。私も代理を立ててこっちの仕事をしているしね」

「そうですね、分かりました。でしたら、今のペースで行きますか。慣れてきたら効率も上がってくると思いますし」

「そうね。そのほうがいいと思うわ」

「それじゃ、資料の作成は終わらせておいたので、俺も建て替え作業に参加しますね」

話し合いを終え、ゼラさんと共に転移魔法で本日建て替えをする予定の町へ行く。丁度人の誘導が終わり、今から始まるところだったので一緒に作業に参加した。

その後、順調に建て替え作業が行われていく。その途中で先に人の誘導を済ませておくとスムーズだと気が付き、全ての町村に先に仮住居に移ってもらうことにした。

建て替え作業を続けていたある日、シャファルからこんな報告があった。

「そういえばラルク、ハルビア王都から南東側、レコンメティス付近の山に温泉が湧いていたぞ」

「えっ、マジで？」

「うむ。竜族の者が調査していたら見つけてな。我も確認したら、天然の温泉が湧いておった」

「へぇ……シャファル、悪いんだけど俺をそこに連れて行ってくれないか？」

シャファルにお願いしてその場所に連れていってもらう。

報告通り本当に温泉が湧いており、色々と調べてみると人が入れることが確認できた。

「レコンメティスからも近いし、ここを温泉街にすれば人気が出そうだな……」

「うむ。それにここの近くには強い魔物もいないぞ」

「よし、ハルビア王都に帰ってイデルさん達に報告しよう」

シャファルと共に王都に戻り、イデルさん、ゼラさん、レグルスさんを呼んで緊急会議をする。

会議の結果、温泉街の建設はあと回しにして先に建て替えを終わらせることになった。まあ、すでに人の誘導をしているしね。

「しかし、まさかこんな小さな国の中に温泉の湧く場所があったなんて知らなかったよ……」

レグルスさんはずっと、温泉が発見されたことに驚いていた。

◇

「ラルク君。また、無理してるでしょ？」

「そ、そんなことないよ？」

「嘘。だって、目の下隈だらけだよ？」

温泉が見つかって数日後。早く温泉街を作りたいがために睡眠時間を削って作業をしていたら、久し振りに会ったリア達から説教をされた。そして、しばらくの間ファンルードからの外出を禁じられてしまったので、ゼラさん達にあとのことを任せて、おとなしくファンルード内で過ごす。

……あれ、俺もしかして尻に敷かれてないか？

そんなことを思いつつ、ベッドに横になるとわずか数秒で瞼が重くなって眠りに落ちた。

その日の夢に、サマディさんが出てきた。

「ラルク君、忙しいのは分かるけど、お祈りを忘れられると寂しいな……」

サマディさんは一言だけ述べて消えていった。

翌朝、俺はサマディさんに数十分の祈りを捧げたのだった。

◇

数日後。リフレッシュできたのでまた限界寸前まで仕事をしていると、ノックする音が聞こえた。

「どうぞ」

ノックに応えると義父さんが入ってきたので、驚いて俺は立ち上がってしまった。

「ラルク、久し振りだな」

「久し振りですね、義父さん。でも、義父さんがなんでここに？」

「いや、ただラルクの様子を見に来ただけだ。特に用事ということもないんだが……ラルク、また無茶してるみたいだな」

義父さんは俺の仕事机に広がっている書類をチラッと見て、言葉を続ける。

「気分転換に体動かさないか？」

息抜きに丁度いいかと思いその提案に乗り、城に作った庭で義父さんと模擬戦をすることにした。

「そういえば、義母さんとはどうなんですか？」

「んっ？　毎日仲良く過ごしてるよ。本当だったら、ラルクの様子を見に来たいって言ってたんだがお腹も大きくなってきたしな。大事を取って留守番をしてるんだよ」

義父さんは嬉しそうに言うと、準備体操を終え「さっ、やるか」と言った。

先ほどの言葉通り、義母さんは現在妊娠している。少し前に手紙で義父さんから教えられたのだ。まだ直接お祝いの言葉を言えてなかったので「おめでとう」と言って、模擬戦を始めた。


模擬戦の結果は俺の勝利だった。

「か～、ラルクにはもう勝てないか～」

「そんなことないですよ。義父さんだってどうせ俺と同じで仕事漬けだったんでしょ？」

「まあな……しかし、本当に強くなったよラルク」

義父さんは地面に座り、俺の顔を見上げながら言った。

俺は義父さんの横に座って「義父さんのおかげですよ」と言い、それから最近の出来事やリア達のことを話し、楽しい時間を過ごした。

「それじゃラルク、また様子を見に来るから倒れないように気を付けるんだぞ？」

「分かっていますよ。あっ、帰りはゼラさんに送ってもらうといいですよ」

「そうするよ。じゃ、またな」

義父さんは立ち上がって、俺に手を振って歩いていった。

義父さんがいなくなったあと、一度ファンルードの温泉に行き汗を流した俺は、現世に戻ってきて仕事を再開した。

◇

義父さんの来訪からさらに日が経ち、レグルスさんの国の発展作業は無事に終わりを迎えた。町の建て替え、道路の整備、他国との貿易の見直し、新たな資源、新たな観光名所など。

約一ヶ月間かけて、この国を一から作り変えることができた。

「ラルク君、イデル。本当にありがとう！」

無事に全てが終わり、レグルスさんは俺とイデルさんに向かって頭を深々と下げた。

「頭を上げてくださいレグルスさん。俺もいい経験ができて良かったと思っていますので」

俺はそう言ったのだが、レグルスさんは一向に頭を上げない。

「レグルス。いい加減にやめろ、話が進まん」

イデルさんが言うと、レグルスさんはまだやり足りない感を出しつつもようやく頭を上げた。

「え～っと、とりあえず国の立て直しは終わりましたので、これからの運営はレグルスさんが頑張ってください。一応、ドルスリー商会の会長には『できるだけ支援してあげてほしい』と言っていますが、あまり頼りすぎないようにしてくださいね」

「うん、分かっているよ。あのドルスリー商会とのパイプを繋げてもらったんだ。絶対に損をしたとは思わせないほど、頑張るよ」

レグルスさんは強い意志を感じさせる目で言った。

「そう言って、また泣きついてくるなよ」

イデルさんがからかうように言うと、レグルスさんは苦笑いして「ああ」と頷いた。

それから三人で最後の夕食をとり、翌日はレグルスさんに別れの挨拶をして、俺達はレコンメティスの王都に戻った。イデルさんとは自宅の前で別れ、すぐにファンルードの中に入り、アスラ達のところへ向かう。そして、みんなに仕事が終わったことを告げた。

「さて、国の発展作業も終わったし、次にすることを決めようと思うけど、みんなは何かやりたいことはある？」

俺がそう言うと、みんなは「う～ん」と考え始めたが何も意見が出なかった。

「とりあえず、冒険者のランクとレベル上げに専念しようか？」

俺が提案すると、みんな賛成したのだった。

17　問題事

翌日、レコンメティスのラックさんにお礼を言いに行くと「他国を回るんじゃなかったのかい？」と不思議そうに聞かれた。

「そのつもりだったんですけど、どこに行くか決めてなくて結局帰ってきたんです」

「そうかい。まあ、私としても近くにラルク君がいるほうが安心だけど。旅に出る際にはまた声をかけてくれ」

「はい」

俺はラックさんに別れを告げ、一緒に冒険者ギルドへ向かった。

そしてパーティメンバーと合流し、依頼を受ける。久し振りの活動なので、討伐や採取系の依頼は避けて町の中の問題解決をすることにした。

今回受けたのは素材の仕分け。『便利ボックス』を使えば簡単にできるが、アスラ達も個別で素材を見分けられるようにならなければならないと思い、あえて手作業でやる。

「ラルク君、これは何かな？」

「んっ？　ああ、それはホブゴブリンの角だからあっちの箱だよ」

アスラの質問に答えると、「ありがとう」と言って木箱にしまいに行った。

「国作りも楽しかったけど、やっぱりこうしてみんなで何かをするのって楽しいな」

「そうだね」

俺の言葉にアスラがそう返した。

作業を続けること一時間。今日の依頼の素材整理が終わったので、依頼主に報告し、ギルドに戻った。そして久し振りに王都の店で飯を食べようとなったので、みんなで俺の店に移動し、二階の専用部屋で食事をすることに。

「あんまりここの店に来なくなったけど、まだまだ人気が続いているようで良かったよ」

「そりゃ、去年のレコンメティス王国、食事処部門人気一位の店だからね。人気が衰えることはないよ。ルブランでも人気一位だから、今でもあの店には毎日すごいお客さんが入っているよ」

「えっ？　そんなランキングみたいなものがあったの？」

アスラの情報が初耳だったので、聞いてみる。

「知らなかったの？　ラルク君のお店、開店した年からずっとランキングトップだよ」

「そうだったんだ……」

「ラルク君はいつも忙しそうにしてたから、報告されなかったんじゃないかな？」

「ラルク君、基本的にジッとしてないからどこにいるかも分からないときがあるからね」

「そうね。ファンルードに籠ってたらなおさら分からないし」

アスラ、リン、レティシアさんが微妙に失礼に思えなくもないことを言った。

とりあえず、ナラバさん達にはあとでお礼の言葉を言っておこう。

食事を終え、ファンルードに行く。

そしてリアと合流し、人数合わせにルーカスも呼び出し、一緒に運動をすることにした。

種目はバレーボール。最近俺がルールを教えた球技だ。

運動と言っても楽しむことを前提にしている。あまり本気ではやらないのだが……

「ラルク君！」

「任せろ！」

リンが上げてくれたボールを俺がスパイクする。

「甘いっすよ！」

「ナイスだよルーカスさん！　レティシアさん行くよ！」

「任せて！」

だが、ルーカスが難なく拾ってしまい、アスラがトスを上げると、レティシアさんはネットよりも高くジャンプをしてリアのところへボールを打ち落とした。ボールはリアの手に当たり、あらぬ

方向へ飛んでいってしまう。

「うぅ、痛い……」

「ドンマイドンマイ」

落ち込んでいたリアに声をかけて、俺のサーブボールから再開した。

「行くよ！」

かけ声と共に、右手でボールを敵の陣地へと打ち込んだ。

ボールは真っすぐアスラの元へ行き、アスラは後方に倒れながらもなんとかボールを取った。

上がったボールをルーカスがトスし、レティシアさんがまたリアにスパイクしたので、俺はサッと移動してリアのカバーに入りボールを拾う。そのボールをリアに上げてもらってルーカス目掛けて俺が打ち込む。ルーカスはボールを取ることができず、俺達は点を取り返した。

「ふぅ～、そろそろいい具合に疲れてきたし、やめようか？」

俺の言葉を合図に、みんなは片付けを始めた。

俺もみんなと一緒に道具を片付けて、みんなと一緒に温泉宿の風呂に入り汗を流した。

「ラルク君、また筋肉が増えたよね？」

「そう？　最近は机仕事ばっかりしていたからそんなことはないと思うけど」

「いやいや、絶対に前より筋肉が増えてるよ。いいな～、僕ももう少し筋肉質だったら良かったのに……」

アスラは俺の体を羨ましそうに見て、自分の細い腕を触って落ち込んでいた。

「まあ、体の作りは人それぞれだし、努力すればアスラも筋肉が付いてくるよ」

とりあえずそのときはそう言っておいた。

アスラの悩みを聞いてから、少し筋肉について調べてみることに。その際にウォリス君に頼んで筋肉についての本を貸してもらったのだが、元々細い人が筋肉を付ける方法が書かれていなかった。

「仲間の悩みを解決してあげたいんですけど、どうしたらいいですかね」

神様ならアドバイスをくれるだろうと思い、神界に行ってサマディさんに聞いてみる。

「そうだね。アスラ君は元々病弱だったこともあって筋肉が付きにくい体をしているんだ」

「あっ、やっぱりですか……」

「うん。それに食事もそんなにとらず、太りにくい体質だから筋肉の付けようがないんだよね。無理に筋トレをしても骨折する可能性が高いだろう」

サマディさんの言葉は、俺が考えていた通りの答えだった。

しかし、それでも仲間の悩みを解決したいと思い、とりあえずアスラにどんな形の筋肉を付けたいのか改めて尋ねる。

「そうだね。ムキムキじゃなくてもいいから、この頼りない体を少しでも男らしく見せたいんだ」

「なるほど……いわゆる細マッチョって部類だね」

「細マッチョっていうのはよくわからないけど、まあ、腕とかはもう少し太くなればいいかな」

それを聞いた俺はさらに色々と調べて、数日欠けてアスラの目指す筋肉の付け方に最適なトレーニングメニューを考案した。

できたメニューを紙に書き、アスラに渡す。

「とりあえず、このメニューをやりつついつもの依頼を受けてみて。体力的に大丈夫そう？」

「うん。このくらいなら大丈夫だよ。最近は走り込みもしていて体力も大分高くなってきたからね」

「そっか、なら頑張ってね」

俺はアスラの今後に期待をしつつ、いつものように依頼に向かった。

アスラが筋トレを始めたのをきっかけに、俺達も一緒に別のメニューを組み立てて基礎能力を上げることにした。

まあ、アスラが一人でやるのが可哀そうだからとレティシアさんから提案されて始めたのだが、意外にもこれが結構楽しい。

そんなある日、久し振りに義父さんのところへ行くと目を丸くされた。

「ラルク、初めて会ったときから大分変わったな……」

「そうですか？　筋トレの効果が出ているんですかね」

「いや、最初に会った頃は俺が握ったら折れそうなくらい細かったのに、今じゃいい男になったじゃないか」

義父さんはそう言いながら俺の腕や肩を触ったりして、感心していた。

まあ、最初に会った頃と言えば家から追い出されて飲み食いせずにいた頃だからなぁ。

その後、お腹が大きくなってきた義母さんのお腹を触って中の子供に挨拶をしてから、レコンメティス王都に戻った。

「ラルク君、前から言っていた王都の建て替えについてだけど、大分予定が固まってきたよ」

家で作業をしていると、アルスさんが家にやってきて笑顔で報告してきた。

「結構時間がかかりましたね」

「うん。でも、大体の予定は決まり始めたから、また詳細が決まったら城に呼び出すと思う。しばらくは王都で暮らしててほしいかな」

「分かりました」

アルスさんは転移魔法で消えたので、俺は作業の続きに戻った。

◇

冒険者活動をしていたある日、いつものように依頼を受けようと掲示板を見ていると、ギルド職員の一人から「マスターが呼んでいます」と言われた。

みんなに待っててもらうように言い、ギルドマスター室へ向かう。

マスター室のドアをノックして中から返事がきたのを聞いて、扉を開けて中に入った。

「ラルク君。良かったわ、あなたが遠出してなくて」

「何か俺に頼みたいことでもあるんですか？」

俺がそう聞くと、フィアさんが頷いて話し始めた。

なんでも近頃、実力に見合わないのに高ランクの依頼を受けさせろと抗議をしている低ランクの冒険者の団体がいるらしい。そのために高ランクの冒険者に指導をしてもらいたいのだが、王都に残っていてそういった指導をしてくれる冒険者が俺しかいないのだという。

「なるほど、冒険者は厳しいということをその人達に教えたらいいんですね？」

「そうなのよ。本当なら私がしたいんだけど、私より、現役の上級冒険者であるラルク君に力を見せてもらったほうが効果があると思うの」

「分かりました。俺で良ければ一肌脱ぎます」

そう答えて、具体的な日時ややり方などを打ち合わせしてみんなのところへと戻った。そしてみんなに、フィアさんから聞いたことを伝える。

「なるほどね～、それで最近ギルドの中がギスギスしてたんだ」

みんなも最近の冒険者がおかしいことに薄々気が付いていたようだ。

それから、俺達はいつものように依頼を受けてお昼前には帰宅し、ファンルードの中で訓練をした。


二日後、問題の冒険者達十名がギルドが所有している訓練所へと集められた。

「なんだよギルマス、俺達をこんなところに呼び出してよ。さっさと、俺達にも討伐依頼をさせろよ」

「ええ、そのためにあなた達を呼んだのよ。彼のことは知ってるかしら？　この国で最も有望な冒険者のラルク君。今回の試験の試験官をしてくれる優しい先輩よ」

フィアさんが紹介してくれたので、俺は十名の冒険者の前に一歩進み出て挨拶する。

「ご紹介にあずかりましたラルクです。今回皆さんがランクに見合わない依頼をやらせろと揉めて、そのおかげでギルド内の雰囲気が悪くなっているのをどうにかしたくてここにやってきました」

すると、一番調子に乗ってそうな男が鼻で笑って言う。

「はっ、こんな子供の冒険者が試験官かよ？」

他の冒険者も同じように冷笑していた。

「……フィアさん、俺って結構有名なほうだと思っていたんですけど……」

「彼らの頭の中はお花畑だからね。自分達のことしか頭にないのよ」

「なるほど……残念な方々ですね」

俺とフィアさんがわざと冒険者達に聞こえるような声で話すと、彼らは案の定怒りだした。

「何言ってんだ。てめぇ！」

一人の冒険者が俺に向かって拳を振り下ろそうとしたので、軽く足蹴りをして倒しておく。

ポカンとする冒険者達に、俺は試験について話す。

「さて、本題に入りましょうか。ルールは、俺とあなた方全員の対戦です。人数は問いません、一対一でやってもいいですし、俺対あなた方全員でも構いません。もし、俺が『おっ』と思えるような攻撃をしてきましたら、フィアさんに依頼を受けさせるよう交渉します。しかし、もし俺に攻撃を当てられずに倒された場合は冒険者の証を没収し、一年間、冒険者登録を禁止します」

「なんだよ。それ！　おかしいだろ！」

冒険者達は口々に文句を言ったので、フィアさんのほうを向いて「でしたよね？」と聞く。頷いてくれたので、これはギルドも認めていることだと認識させた。

「それでは、さっそく始めましょうか。どうします、最初から全員で来ますか？　それと、ここに来た以上、あなた方は戦うか冒険者の証の没収かのどちらかですので覚悟を決めてください」

「「なッ！」」

逃げ場はないと告げると、冒険者達は一斉に驚いた声を上げた。

しかし、その中で一人。一番最初に俺に文句を言ってきた冒険者が「へっ、こんなガキ俺が倒してやるぜ」と言って、俺と一対一の対戦を申し込んできた。

対戦を申し込んできた冒険者は、用意していた刃折れの片手剣を手に持って試験を行う白線の中に入ってきた。

「あと一つだけ言いますと、事前にあなた方が受けたいと言っていた依頼のランクに見合った動きをしますので、勝てる見込みは十分ありますよ」

俺はそう言って、白線の中に入ってきた冒険者との試合を始めた。

予想していた通り、この冒険者は剣の振り方も体の動きもまったくなっていない。俺に対して攻撃を仕掛けるが、少し弾(はじ)いたくらいでよろけて話にならなかった。

「へへっ、ここまではお前の強さを測らせてもらった。次から本気で行くぞ」

「ええ、構いませんよ」

男はすでに体力が限界気味ではあったが、未だ調子に乗った口調を保って攻撃を再開した。しかし、それらの攻撃を全て弾き、最後には剣を飛ばして試合終了とした。

「はい、それでは終わりです。あなたは、向こうに行ってください」

俺はその冒険者をララさんがいる〝追放組〟へ向かわせ、次の冒険者に「どうぞ」と言った。

次の冒険者は、どこかしっかりとしている感じの剣士だった。俺に対しても礼儀正しく「この試合で成績を残せば、いいんですよね？」と聞いてくる。

「はい、この試験は正式にギルドも認めていますので大丈夫ですよ」

「分かりました」

剣士の冒険者はそう言うと、俺との距離を取り自分の剣を置いて用意していた片手剣を構えた。

この人、他の冒険者とは違って雰囲気があるな。

気を引き締めて男性との試合を開始する。

剣士の冒険者は、予想していたより筋力的な強さは劣っていたが剣の筋は良かった。

「はぁ、はぁ、はぁ……」

「ここまでにしましょうか、あなたの実力は十分分かりました。あなたは、あちらに移動してください」

「ッ！　ありがとうございます！」

俺はその剣士の冒険者を、フィアさんがいる〝考慮組〟へと向かわせた。最後に男性は「これで、田舎に仕送りができます」と泣いて喜んでいた。

金銭的な事情で高ランクの依頼を希望していたんだろうか……気持ちはわかるけど、やっちゃダメだったってことはあとでフィアさん達に説教してもらおう。

心の中でそんなことを思いつつ、次の冒険者に指示を出す。次は二人組の女性のパーティで、前衛と後衛の役割がきちんと分担されていた。しかし、パーティを組んで間もないのか動きが鈍くて連携が取れておらず、アッサリと負けたので〝追放組〟へと向かわせた。

その後も試験を続けていくが、剣士の男性以外の合格者は出ない。

そして最後の一人となった。

「あなたで最後ですね」

「そうみたいですね。いやはや、合格者が一人とは本当にランクの差とはすごいものですね」

最後の一人は目元まで隠れた帽子を被った男性で、隙間から見える口をにこやかにしながら、大剣を軽々と片手で持つと、白線の中に入ってきた。

「それでは、始めます」

試合開始の合図と共に、男性はゆらりゆらりと俺のほうへ歩いてくると一気に加速し、首を狙って剣を振り下ろしてきた。

俺はその攻撃を間一髪（かんいっぱつ）持っていた剣で防いだが、男性は弾かれた剣を両手で持ち、空中で回転し、さらに攻撃を仕掛けてきた。

この人、二試合目に行った男性と同じく現在のランクより強い相手だな。

そう確信した俺は少し真面目にやろうと考え直し、距離を取る。

「なるほど、流石上級冒険者ラルクさんですね。私の剣技がまったく通用していませんよ」

「いえいえ、まったく通じてないわけじゃないですよ。それに、あなたの強さは最高ランクに値するものです。ここで終わらせるのもいいですが、これから試験とか関係なしに少し戦いませんか？」

「ほほぅ、それは私も願っていたことです。そうしていただけると嬉しいですね」

合意を得たので、ここから先は普段通りの戦い方で試合を進める。

その男性は驚くべきことに、俺の攻撃に付いていくだけではなくその一手先まで読んで攻撃を仕掛け始めた。ちょっとシャレにならないくらい強いぞ、この人。

試合開始から十分ほどして、互いの全力の攻撃に剣が耐えきれず砕け散った。その風圧で男性の帽子が吹き飛び、試合終了となる。

「ふ〜む、まだ戦い足りないですが今日はここまでのようですね」

「そうですね。しかしあなた、本当に強いですね。今までどこで暮らしていたんですか？」

俺がそう質問をすると、白線の外にいたフィアさんが慌てて俺達のところに寄ってきた。

「グランドマスター！　何故あなたがこんなところにいるんですか!?」

その言葉に、俺を含めたその場の全員が「えっ？」と驚いた顔をして男性のほうを向いた。

18　冒険者改革

事情がよく分からないまま、俺はフィアさんにギルドマスター室まで連れられる。ララさんと、先ほど戦った男性も一緒だ。

グランドマスターと呼ばれた男性はソファーに座り、喋り始めた。

「多分、ラルク君は私と会うのは初めてだよね？　私の名前はオルフィン・フォン・フォルザード。レコンメティスから少し離れたところに位置する〝自由国フォルザード〟にある冒険者ギルド総本部の長をしている者だよ」

オルフィンさんは改めて俺のほうを向くと「ラルク君、君は本当に面白い子だね」と言った。

フィアさんは困ったようにオルフィンさんに話しかける。

「あの、グランドマスター？　何故、あなたがこの国にいるんですか？　まず、そこを説明していただけませんか？」

「あれ？　アルスには言っておいたよ。近々そっちに行くからフィアさんには連絡してねって」

「……あの子、もしかしてあなたが来ることをサプライズにしたほうが面白いと思って……ということはッ」

フィアさんは慌てて部屋の外に出ていった。その直後アルスさんの悲鳴が聞こえ、フィアさんが右手にアルスさんを掴んで引っ張ってきた。

「や、やあラルク君、それにオルフィンさんも久し振りだね」

「久し振りだが、アルスは変わっていないようだな。安心したよ」

それからアルスさんもソファーに座らされ、今回、オルフィンさんが来た理由を伝えられた。

その理由を聞いて少し呆れてしまった。今回オルフィンさんがレコンメティスに来たのは、俺に会いに来るためだったらしい。

「俺と会うためだけに、わざわざやってきたんですか？」

「ああ、そうだよ。だって、あのグルドの義理の息子になった子だろ？　いつか見てみたいってずっと思っていたんだ。予想以上に面白い子だったから来て良かったよ」

オルフィンさんの言葉に、アルスさんも「でしょ？」と反応すると、二人で笑い合っていた。

この二人、なんか性格が似ているな。

そのことをフィアさんに小声で伝えると、「二人合わさると本当に手が付けられないわよ」と言われた。これからのことを覚悟しなさい、というメッセージが込められている気がした。

その後もオルフィンさんとアルスさんは俺の話で盛り上がっていたので、こっそり退出しようとするとオルフィンさんから止められた。

「あ〜っと、ラルク君ちょっと待った！」

「どうしましたか？」

げ、見つかったか……と思いつつ用件を聞く。

「今回来たのは、ラルク君に会うため以外にも理由があるんだよ」

その言葉を聞き、立ち上がっていた俺はソファーに座り直して話を聞いてみることにした。

「それで、他の理由ってなんですか？」

「あぁ……私の国に来ないか？」

「無理ですね。俺はレコンメティスが好きなので」

「うっ、考えることすらしてもらえなかった……」

すっぱりとした俺の返答にオルフィンさんが落ち込み、アルスさんは横で「オルフィンさん、それが目的だったの!?」と驚いていた。ちょっと混沌としてきたな。

「当たり前だろう。どうしてただ一人の人間に会いに来るためだけに国を離れるんだよ。ラルク君が欲しくて、やってきたんだ」

「それなら、はい帰った帰った。ラルク君は他の国には渡さないからね」

アルスさんがオルフィンさんを追い払おうとすると、オルフィンさんは慌てた調子でさえぎった。

「な、なら、ちょっと手を貸してくれ！」

どうにもその様子が本気っぽかったので、俺達は再びオルフィンさんの話を聞くことに。

「実はな、最近の冒険者の育成に総本部のほうでも困ってるんだ。フィアなら分かるだろ？」

「えぇ、最近の冒険者はどうにも〝冒険者〟という肩書を軽視していて、金が稼げる職業と思っている人が多いですね」

「問題はまさしくそれで、楽して稼げる職業と思って登録し、無謀な依頼に挑戦する冒険者があとを絶たない。それを改善したくて、色々と有名なラルク君に力を貸してもらいたくて今日は来たんだ。ラルク君、手を貸してくれないか？」

本当に困っている様子だし、俺としては構わないけど……

アルスさんのほうを向くと、頷いてくれた。

「分かりました。手を貸しますよ」

「本当かい！　助かるよ～」

オルフィンさんは胸を撫で下ろしてそう言った。

オルフィンさんの頼みを聞くことにしたのはいいが、結局何をすればいいのか分からない。

ということで翌日、再度集まって冒険者改革の話し合いを行った。

俺が何をすればいいかを聞くと、オルフィンさんは「最も大事なのは実力の測定だ」と言った。

「実力の測定ですか」

「うん、性格的な問題や依頼の達成度はあとからでもどうにかなるけど、その前に実力の真偽はハッキリさせておきたいんだよね。実力がDランクなのにCランク帯の依頼を受けさせて問題になると、その国へ被害が行く可能性もあるし」

「確かにそうですね。高いランクになってくると国の危険にもなりうるものもありますから」

「そうなんだ。だから、私としては性格的な問題などはこの際度外視して、実力の測定さえ正確にできたらいいんだ」

「あれ？　でも、それって案山子(かかし)があるんじゃないんですか？」

この世界には、魔法の威力を数値化してくれる案山子があるんだよな。

だが、オルフィンさんは首を横に振った。

「あるけど、あれだと戦闘面での実力が図れないんだよね。かといって人間が相手するとなると、用意するのも面倒になってくるだろうしで……」

うーん、意外と難しい問題だ。

あまり案が思いつかなかったので、この日は「とりあえず、色々と考えてみますね」と言って解散した。帰り際、アスラ達にも「しばらくはまた作業に集中することになりそう」と伝えて、ファンルード内の自分の家に戻って色々と考えることにした。

考え始めて二日が経ち、効果的な案が出ずに困っていると、ゼラさんがノックと共に入ってきた。

「ラルク君、最近ずっと考え事をしているってリンちゃん達から聞いたけど、何を考え込んでいるの？」

「ええ、実は……」

オルフィンさんから頼まれたことについて伝えてみると、ゼラさんは珍しく難しい顔をして「それはなかなかに難問ね」と言った。

「ラルク君が悩むのは分かる気がするわ」

「ですよね？　まあ、実際のところ、上級冒険者がギルドに手を貸せば済む話なんですがね」

そう言った瞬間、ゼラさんの表情が一気に元に戻った。

「そうなの？　なら、その冒険者に試験官を依頼としてやらせればいいじゃない。試験官の監視役としてギルドの人間を付ければ、ちゃんとした試験になるんでしょう？」

……………あ～。

「なるほど……一旦、それをオルフィンさん達に伝えてみますね」

なんか難しく考えすぎてたな……と思いつつゼラさんにお礼を言い、その日は就寝した。

そして翌日、冒険者ギルドに行ってフィアさんにゼラさんのアイディアを伝えてみる。

すると、フィアさんは「やってみる価値はありそうね」と言って、さっそくレコンメティスのギルドで試すことになった。

◇

試運転が始まって数日経ち、俺はフィアさんに尋ねる。

「どうですかね。あのシステムは？」

「今のところはちゃんと機能しているわね。今までランクの認定が甘かった冒険者を呼んで再テストを行っているけど、今のところいい感じだわ。逆に、今まで低ランク認定していた冒険者も一つ上のランクでもやれる実力があることが分かったパターンもあったし、いいシステムだと思うわ」

「それは良かったです。また、他にも改善するところがあると思いますので、何か思いついたら相談しますね」

「そうね」

こうして新たに冒険者ギルドのシステムに〝ランク選定システム〟が実装されることとなった。

システムを実装してから一週間ほどが経過した頃、レコンメティスでの試験運用が大分上手く行ったという報告をするために、俺はオルフィンさんがいる国へと向かっていた。

オルフィンさんが住むのは、『冒険者の国』とも言われているフォルザード国。手続きを済ませて入国し、オルフィンさんがいる中央都市へ向かった。その際、この国の町や村を見て回ったが、レコンメティスやルブラン以上に冒険者の数が多く、付けている装備も他の国よりも上等だった。

それに比例してか冒険者の態度が大きく、一般人に対しての言動などが乱暴だった。

中央都市へ着き、オルフィンさんがいる冒険者ギルド総本部に行き、オルフィンさんの部屋に案内してもらった。

「やあ、ラルク君。一週間ぶりくらいだね」

「そうですね。とりあえず、レコンメティスの王都で試運転したシステムについて伝えに来ました」

「おぉ！　さっそく教えて」

オルフィンさんは俺の言葉にすごく嬉しそうに反応した。

今回試したシステムについて伝えると、オルフィンさんはあまり乗り気ではない反応を見せた。

「どこか欠点がありますか？」

「う〜ん……ラルク君。君は頭がいいから多分もう分かってると思うけど、この国の冒険者って他の国の冒険者よりも少し態度が大きいのに気付いているよね？」

「ええ、まあ……」

「多分、このシステムをそのまま導入すると試験官役の冒険者達がさらに付け上がると思うんだよね。レコンメティスは冒険者同士の仲が良くてギルドとの助け合いもよくするところだから成功したと思うけど、ここだと厳しいかもしれないかな」

「確かに……」

だが、すでに成功例もあるのだから、ここの冒険者の考え方を変えさせるのも一つの手ではないだろうか。

オルフィンさんにそのことを言うと、首を横に振られた。

「それはどうだろう。この国は自由国という名の通り、最低限の人としてのルール以外は自由に暮らすというのが、建国からずっと続いている風習だ。今更それを変えるのも難しいと思うよ」

やっぱり無理か……と諦めかけていると、部屋の扉をノックする音が聞こえ一人の男性が入ってきた。男性の見た目は、目元まで隠れている黒い髪と手入れがされていない髭。正直に言って一見すると浮浪者っぽいが、よく見ると体は鍛えられており、首元には冒険者の証がある。なんと、最高のAランクだ。

「オルド!? 帰ってきていたのか!?」

オルフィンさんが男性を見て驚きの声を上げた。

「ついさっき帰ってきたところでした。挨拶をと思いまして来たんですが、客がいたんですね。すみません」

オルドと呼ばれた男性は丁寧にオルフィンさんに謝罪をすると、俺に対しても「すまないね」と謝罪した。

そして部屋から出ていこうとしたところをオルフィンさんが「待った！」と言って止めた。

「どうしたんですか、オルフィンさん？」

「すまないがオルド、お前もこの話し合いに参加してくれ。お前がいるならどうにかなると思う」

「はぁ？　まあ、内容は分かりませんがオルフィンさんの頼みでしたらいいですよ」

オルドさんはそう言って、ソファーに座った。

「とりあえず、ラルク君。彼を紹介するね。彼はこの国……いや、冒険者の中でもトップクラスの実力を持つAランク冒険者のオルド・バルトリスだ。実は、数年前にとある依頼で国から出ていてね。彼がこの国からいなくなったこともあって治安がここまで酷くなったんだ」

「どうも。紹介されたオルドです」

「あっ、どうもです。ラルク・ヴォルトリスです」

「ヴォルトリス？　どこかで聞いた名前だね……」

「多分ですけど、グルド・ヴォルトリスではないでしょうか？」

「あぁ！　そうそう。グルドだ。えっ、グルドと同じ家名だけど、もしかして？」

オルドさんがおずおずと尋ねてきたので、「グルド・ヴォルトリスは俺の義父です」と答えると「えぇぇ!!」と叫び声を上げて盛大に驚き、椅子から転げ落ちた。

そのあと、色々とオルドさんから聞かれたので一つずつ答えていく。義父さんが結婚していることと、実の子供が生まれそうだということ。オルドさんは「えぇ……」と驚いていた。

「あのグルドが結婚して子供を……」

終始驚いているオルドさんを見て、この人は義父さんとどういう関係なのかと考えていると、オルフィンさんから「オルドはグルドと同郷で幼馴染なんだよ」と教えられた。

「えっ？　そうなんですか？」

その言葉に、オルドさんが頷いた。

「まあ、お互いに冒険者になって会うことも少なくなって連絡を取っていなかったけどね。まさか知らぬ間にグルドが結婚しているなんてな……」

オルドさんはまだ理解が追いついていないのか、混乱している様子だった。

それからしばらくして、ようやく落ち着きを取り戻したオルドさんと改めて今回の話し合いについて説明した。

「オルフィンさん、私がいない間にずいぶんと荒れていたみたいですね」

「まあな。だから、お前が帰ってきてくれてすごく助かったよ。オルドさえいれば、あの馬鹿共も落ち着くだろうしな」

「まあ、私の伝手（つて）をたどれば協力してくれる冒険者はいると思いますがね。ですが、上手く行かなくても知りませんよ」

オルドさんはそう言って部屋を出ていった。

それから俺も部屋を出ていく。そしてしばらくはこちらを拠点に置くので、ギルド内の一室を借りることにした。

鍵をしめ、門を開いてファンルードに入る。自宅に行くと、リアとリンが談笑していた。

「あっ、ラルク君。もう話し合いは終わったの？」

「うん、ついさっきね。なんとかなりそうな感じに話し合いがまとまってくれたよ」

「それは良かったね～」

それから遅めの昼食をしながらリア達とゆっくりと時間を過ごした。

◇

翌日、オルフィンさんのところへ向かうとすでにオルドさんもいた。

「遅れてすみません」

そう言いながら部屋の中に入る。

俺が座ると、オルドさんが口を開いた。

「昨日、久し振りに町の中や冒険者達を観察してみましたが、想像していたよりも酷かったですよ、オルフィンさん……」

「ああ、オルドがいなくなったあとから段々と荒れ始めてな……一人の冒険者がいなくなっただけで、ここまで荒れるところが総本部ってラルク君、どう思う？」

オルフィンさんに急に話を振られた。

「えっ？　あ、頼りすぎですかね？」

慌ててそう返すと、オルフィンさんは「ラルク君もそんなこと言わないでよ～」と言って落ち込み始めた。どうやら地雷だったらしい。

でも本当のことだし仕方ないんじゃないか？　と思いつつ「すみません」と謝っておく。

それからオルドさんは、自分が知っている中で、今回のシステムに対して協力してくれそうな冒険者のリストをテーブルの上に置いた。

その資料を手に取ったオルフィンさんは「後日、声をかけてみるよ」と言って机の引き出しの中にしまった。

「それじゃ、とりあえずシステムが始まるまではまたレコンメティスに帰っているので準備ができましたら連絡をください。転移魔法が使える従魔がいるので連絡さえいただけたらすぐに来られますので」

「ああ、分かったよ。何から何まで本当にありがとう」

オルフィンさんは俺に対して頭を下げ、オルドさんに対しても「いいタイミングで帰ってきてくれたよ。本当にありがとう」と頭を下げた。

「そうだオルドさん、義父さんに会いに行きませんか？」

「そうだな、結婚していたのは知らなかったがお祝いくらい言ってやりたい。頼めるかな？」

「はい」

俺はオルドさんと共に部屋を出たあと、ゼラさんを呼び出してヴォルトリス領の俺の部屋に転移した。そしてサプライズでオルドさんを義父さんに会わせると、義父さんは突然泣きだしてオルドさんと抱き合った。

その日は俺もこっちの家で過ごすことにして義父さん達との飲み会に付き合い、いろんな話を聞いて盛り上がり、夜遅くまで楽しんだ。

◇

翌日。オルドさんはしばらく義父さんのところで暮らすと言ったので、俺はオルフィンさんから連絡があったら迎えに来ますと言ってレコンメティスの王都に戻った。

そしてファンルードの中にいるアスラ達を連れて冒険者ギルドに向かう。

ギルドに着き、みんなには一旦食堂で待ってもらい、俺は報告のためギルドマスター室に入った。

「一応今、あちらで試験官の人選をしてもらっているところなので、それが終わり次第連絡をもらってまた行く感じです」

「分かったわ。冒険者ギルドのために動いてくれてありがとうねラルク君」

部屋を出て、俺はみんなのところに戻って今日受ける依頼を探す。

そのとき、見覚えのある剣士が掲示板の前で何やら悩んでいるのを見かけた。

「あなたはこの前……」

「あっ！　ラルクさん。おはようございます。それと、ラルクさんのパーティの皆様もおはようございます！」

剣士は俺に気が付いて振り向くと、勢いよく頭を下げて挨拶をした。

「そういえば、あのときは名乗ることを忘れていました。私は、フールと申します」

フールと名乗った冒険者は、先日の試験で唯一合格し、フィアさんからCランクの判定をもらったとのことだった。

俺はそれぞれの紹介をしあって、何に悩んでいたのかを尋ねた。

「実は、ランクが上がって依頼を受けるようになったのはいいんですが、これまで一緒に組んでいたパーティメンバーとランクが違いすぎるので別れて一人になってしまい。受けられそうな依頼がなくなったんですよね……」

「まあ、確かに今は冒険者も活気どきで依頼の消化スピードも速いですからね。それなら、Dランク帯でソロでも行けそうなやつを受けたらどうですか？」

「はい、そう思って探してるんですが、どれもパーティ用でして……」

フールさんから言われて俺達も掲示板を見ると、確かにどれもパーティ用の依頼ばかりだった。

「あ～、もう取られたあとですね」

「そうですよね。今日は諦めて素材採取系の依頼にします」

フールさんはそう言うと、俺達に向かって「依頼、頑張ってください」と言って去っていった。

「ランクが上がっても、パーティじゃなかったら依頼が受けれないってソロの人って大変だね」

「そうだね、できるなら俺達のところに誘ってあげたかったけど、申し訳ないけど実力差があるからなぁ……」

フールさんが上手くやれるように願いつつ、討伐依頼を受けて王都の外へと出かけた。

目的の場所に移動して討伐対象を討伐し、まだ時間もあったので薬草を採取する。確か受付の人が、在庫が不足していると言っていたんだよな。

薬草自体はファンルードでも栽培して大量にあるのだが、やはりファンルード産のものは質が良すぎてフィアさんから納品を断られている。

「なんだか、これも久し振りに感じるよね」

「そうだね。ランクが高くなってほとんどが討伐依頼になったから、採取の楽しみを久し振りに感じてるよ」

「私も」

レティシアさん達は楽しみながら薬草を採取し、一時間ほどで大量の薬草を採取した。

ギルドに戻り、本来受けていた依頼の報酬と薬草の採取の報酬を受け取り、みんなと一緒に家に戻ってきた。

「……ってか、みんなの拠点として買った家。ほとんど使ってないな」

「確かに……」

俺の言葉にアスラがそう答えると、レティシアさんも「そういえば、最近はファンルードにばっかり入ってるから忘れてた」と言った。あの家、買った当初はまだファンルードの中が発展しきれていなかったからいい感じに拠点として使えていたが、今じゃファンルードのほうが便利すぎてすっかり行くことがなくなった。

「どうにかして、あの家の使い道を考えないとな……」

「でもさ、王都には元々グルドさんの家もあるし、あの家を使うとしたら完全に荷物置き場にするしかないいんじゃないかな?」

「それか、誰かに貸し出すとか? でも、私達の荷物もあるし誰かに貸すのは……」

みんな、あの家の使い道について考え始めたが、使い道が思い浮かばない。

そういえばラックさんも、あの家を持て余していると言っていたっけ……

もしかしてあの家って呪われているのか……?

はは、まさかな……

なんとなく嫌な予感がしたが、みんなには言わずその日は解散したのだった。

宮廷から追放された魔導建築士、
未開の島で
もふもふたちと
のんびり開拓生活!
空地大乃
Sorachi Daidai
不遇の元宮廷建築士、
もふぷにな使い魔たちと
建築しながら島ぐらし!!
とある王国で魔導建築を学び、宮廷建築士として働いていた青年、ワーク。ところがある日、着服の濡れ衣を着せられ、抵抗むなしく追放されてしまう。相棒である妖精ブラウニーのウニとともに海を渡った彼は、未開の島に辿り着き、出会った魔獣たちと仲良くなる。その頃王国では、ワークを追放したことで様々なトラブルが起きていたのだが……ワークはそんなことなど露知らず、持ち前の魔導建築の技術で建物を作ったり、魔導重機で魔獣と戦ったりと、島ぐらしを大満喫する!
◉定価:1320円(10%税込)　ISBN 978-4-434-28909-5　◉illustration:ファルケン
宮廷から追放された魔導建築士、
未開の島で
もふもふたちと
のんびり開拓生活!
空地大乃
Sorachi Daidai
不遇の元宮廷建築士、
もふぷにな使い魔たちと
建築しながら島ぐらし!!

えっ、能力なしでパーティ追放された俺が
e, nouryokunasi de party tsuihou sareta ore ga zenzokusei mahou tsukai?
全属性魔法使い!?
~最強のオールラウンダー目指して謙虚に頑張ります~
著 たかた ちひろ
Ill. たば
無能と言われ続けた俺が全属性魔法使いに覚醒!!!
賑やかな仲間達と楽しく謙虚に暮らします!!
覚醒から始まる、一発逆転&成り上がりファンタジー!
冒険者のタイラーは、誰でも発現するはずの魔法属性がないことを理由に、ダンジョンの最奥に置き去りにされてしまう。しかし、幼馴染・アリアナの窮地を前にして、全属性の魔法を使えるという秘められた力が覚醒! アリアナとともにダンジョンを脱出したタイラーは、妹の病を治す薬草が超上級ダンジョンにあるという情報を得る。すぐにアリアナとともにパーティを結成しなおすと、冒険者として新たな目標に向かって再出発するのだった――
●定価:1320円(10%税込)
●ISBN 978-4-434-29265-1
●Illustration:たば

この作品に対する皆様のご意見・ご感想をお待ちしております。

おハガキ・お手紙は以下の宛先にお送りください。

【宛先】

〒150-6008 東京都渋谷区恵比寿4-20-3 恵比寿ｶﾞｰﾃﾞﾝﾌﾟﾚｲｽﾀﾜｰ 8F
(株) アルファポリス　書籍感想係

ご感想はこちらから

メールフォームでのご意見・ご感想は右のＱＲコードから、
あるいは以下のワードで検索をかけてください。

アルファポリス　書籍の感想

本書はWebサイト「アルファポリス」(https://www.alphapolis.co.jp/)に投稿されたものを、
改稿、加筆のうえ、書籍化したものです。

初期(しょき)スキルが便利(べんり)すぎて異世界生活(いせかいせいかつ)が楽(たの)しすぎる！6

霜月(しもつき) 雹花(ひょうか)

2021年8月31日初版発行

編集－藤井秀樹・宮田可南子
編集長－太田鉄平
発行者－梶本雄介
発行所－株式会社アルファポリス
〒150-6008 東京都渋谷区恵比寿4-20-3 恵比寿ｶﾞｰﾃﾞﾝﾌﾟﾚｲｽﾀﾜｰ8F
TEL 03-6277-1601（営業）　03-6277-1602（編集）
URL https://www.alphapolis.co.jp/
発売元－株式会社星雲社（共同出版社・流通責任出版社）
〒112-0005 東京都文京区水道1-3-30
TEL 03-3868-3275
装丁・本文イラストーパルプピロシ
装丁デザイン－AFTERGLOW
印刷－図書印刷株式会社

価格はカバーに表示されてあります。

落丁乱丁の場合はアルファポリスまでご連絡ください。

送料は小社負担でお取り替えします。


ISBN978-4-434-29273-6 C0093